Alfred Hitchcock

Le journal qui s'effeuillait

Traduction de Claude Voilier

Hachette

DU MÊME AUTEUR
dans la même collection :

L'édition originale de ce roman,
rédigé avec la collaboration
de William Arden et de Robert Arthur,
a paru en langue anglaise
chez Random House, New York,
sous le titre :
THE SECRET OF PHANTOM LAKE

Hachette, 79, boulevard Saint-Germain, Paris VIe

Quelques mots d'Alfred Hitchcock

Une vieille épave! Un trésor de pirate! Une ville hantée! Une île peuplée de fantômes! Quel alléchant cocktail, n'est-ce pas, Hannibal Jones? Peut-être n'aurais-je pas dû révéler ainsi, tout de go, les principaux pôles d'attraction de cette histoire? Mais, que voulez-vous! je n'ai pas pu m'en empêcher...

Tous les amateurs d'aventures me comprendront. Allons, amis lecteurs, suivez-moi! Nous allons rejoindre les Trois jeunes détectives au bord du lac au fantôme. Mais avancez avec prudence et surveillez vos arrières. Mystère et dangers vous guettent de toute part!

Pour ceux d'entre vous qui, par le plus grand des hasards, n'auraient jamais entendu parler des Trois jeunes détectives, voici quelques mots d'explication...

Le chef du trio est le très intelligent, très ingénieux mais un peu trop rondelet Hannibal Jones. Son second s'appelle Peter Crentch. C'est le costaud de la bande. Le troisième détective, Bob Andy, a plus de cerveau que de muscles. On le surnomme parfois «Archives et Recherches», d'après sa spécialisation.

Nos trois jeunes gaillards habitent Rocky, petite ville au bord du Pacifique, à quelques kilomètres de Hollywood, en Californie. Leur quartier général est une vieille caravane désaffectée, cachée au cœur du Paradis de la Brocante, *le magasin de bric-à-brac tenu par Titus et Mathilda Jones, oncle et tante d'Hannibal. Les trois garçons se sont donné pour tâche de débrouiller les affaires les plus épineuses et de faire échec aux méchants.*

Aujourd'hui, les voici aux prises avec une énigme vieille de plus de cent ans. Réussiront-ils à l'éclaircir ? Quel est le secret contenu dans une lettre jaunie par les ans et dans le journal d'un marin disparu depuis longtemps ? Le navire qui sombra jadis par une nuit de tempête transportait-il vraiment un trésor ? Et dans ce cas, qu'est devenu celui-ci ? Enfin, qui sont ces personnages mystérieux qui se dressent sur la route des trois garçons ?

En dépit des menaces accumulées sur leurs têtes, les Trois jeunes détectives s'acharnent... Déchiffreront-ils le message d'outre-tombe et élucideront-ils le secret du lac au fantôme ?

Lisez donc, et vous le saurez !

Alfred HITCHCOCK.

Chapitre 1

Le coffre en bois de teck

« Regardez un peu ! s'écria Hannibal Jones. Un vrai kriss malais ! »

Bob Andy et Peter Crentch se penchèrent sur la longue lame ondulée. Leurs yeux brillaient de curiosité. Les trois garçons se trouvaient dans un petit musée en bordure de la route, à quelques kilomètres au nord de Rocky. Peter passa un doigt prudent sur le tranchant de l'arme et frissonna.

« Autrefois, déclara Hannibal, nombreux étaient les navires qui partaient de la Califomie pour cingler vers les Indes orientales. La plupart des objets contenus dans ce musée viennent d'Orient. »

Peter et Bob acquiescèrent silencieusement. Hannibal connaissait une foule de choses intéressantes mais ses explications étaient quelquefois un peu pompeuses : il aimait bien faire étalage de sa science.

Un appel de sa tante Mathilda coupa net son petit discours.

« Hep! Jeunes gens! Cessez de fainéanter! Il s'agit maintenant d'emporter tous ces objets. Commencez tout de suite à charger la camionnette.

— Oui, ma tante », répondit Hannibal sans trop d'ardeur.

Le musée, spécialisé dans les reliques de l'ancienne marine à voile, fermait définitivement ses portes. Cela faisait l'affaire de Mathilda et de Titus Jones qui venaient d'acheter toute la collection pour la revendre dans leur magasin de bric-à-brac, *Le Paradis de la Brocante*.

La tante Mathilda dirigeait personnellement le bric-à-brac tandis que son mari partait à la découverte de marchandises nouvelles. La tante d'Hannibal présentait à elle seule un monde de contrastes. C'était une femme grande et forte, à la langue acérée mais qui, en dépit de son apparence bourrue, possédait une âme généreuse et bonne. Aux yeux de son neveu, son principal défaut était de ne pouvoir supporter la vue d'un jeune garçon inoccupé. Il fallait aussitôt qu'elle lui confie une besogne quelconque. Aussi Hannibal, qui vivait avec son oncle et sa tante, prenait-il grand soin de se tenir hors de sa portée.

Lui et ses deux amis avaient une besogne personnelle à accomplir : s'occuper de leur agence privée. L'agence des « Trois jeunes détectives »! Malheureusement, ce matin-là, la tante Mathilda avait aperçu le trio dans la cour du bric-à-brac. Elle l'avait réquisitionné d'office... juste le premier jour des vacances de Noël! Ce n'était vraiment pas de chance!

En soupirant, les trois amis entreprirent de transporter les acquisitions de la tante Mathilda jusqu'à la camionnette où Hans, l'un des deux frères bavarois qui travaillaient pour les Jones, les rangeait au fur et à mesure. Remarquant le manque d'enthousiasme des garçons, Hans réprima un sourire. Mains sur les hanches, la tante Mathilda surveilla les garçons un moment, puis elle retourna vérifier la liste des articles qu'avait dressée pour elle M. Acres, le propriétaire du musée.

Quand l'inventaire fut terminé, elle alla retrouver Hannibal et ses amis pour les aider à finir de débarrasser la salle d'exposition. Au même instant, un visiteur pénétra dans le musée. M. Acres alla à sa rencontre. Soudain, le bruit d'une dispute s'éleva.

« Peu m'importe à qui vous l'avez promis ! » criait une voix rude, grinçante et vaguement menaçante.

Celle de M. Acres répondit, sur un ton courtois :

« Je vous en prie, monsieur...

— Il est à moi ! coupa la voix furieuse. J'exige que vous me le donniez, à l'instant même ! »

Tante Mathilda ne fit qu'un bond, suivie des trois garçons pleins de curiosité.

« Je suis désolé, déclara M. Acres, mais j'ai vendu tous les objets contenus dans ce musée, sans exception, à des brocanteurs de la région : M. et Mme Jones ! »

M. Acres se tenait devant un coffre en bois de teck, de provenance visiblement orientale, aux lourdes ferrures de cuivre. Lui faisant face, de l'autre côté du coffre, se trouvait un homme trapu à la longue barbe noire. Ses yeux noirs, étincelants, étaient profondément enfoncés dans un visage tanné par le soleil. Deux longues cicatrices coupaient ses joues pour se perdre dans sa barbe. Il portait une lourde redingote de marin, comme on n'en trouve plus guère, un épais pantalon bleu marine et une casquette de marin au galon doré tout passé.

L'étranger fusillait M. Acres du regard. Il hurla :

« Ce coffre m'appartient, je vous le répète. Et j'entends que vous me le rendiez...

— Ecoutez-moi, mon brave... commença M. Acres.

— Je ne suis pas votre brave. Je me nomme Jim. Java Jim. Parfaitement ! C'est comme ça qu'on m'appelle. J'ai ramené ce coffre d'un pays lointain. Il contient un... un danger ! Comprenez-vous ? »

Les garçons regardaient la scène, bouche bée. Soudain, Java Jim les aperçut. Un juron lui échappa.

« Que faites-vous là, les gosses ? s'écria-t-il d'une voix tonnante. Débarrassez-moi le plancher, et en vitesse ! Et vous aussi, la vieille ! Disparaissez ! »

C'était la première fois que l'on s'adressait sur ce ton à la tante Mathilda. Hannibal la regarda en réprimant un sourire. La brave femme, folle de colère, était en train de virer au rouge tomate. Elle s'adressa au marin dans un rugissement :

« Quoi ! Répétez un peu ce que vous venez de dire, espèce de clown barbu ! Si je n'étais pas une dame, je vous attraperais par la peau du cou pour vous flanquer dehors ! »

Stupéfait par cette réaction inattendue, le marin fit deux pas en arrière. La tante Mathilda en fit trois en avant.

« Je crois que vous avez parlé un peu vite, monsieur Java Jim, déclara M. Acres avec un sourire. Il se trouve que cette dame est précisément Mme Jones, à qui je viens de vendre le contenu de ce musée. Le coffre que vous réclamez est désormais à elle. »

Java Jim parut avoir quelque difficulté à se ressaisir.

« Euh... fit-il. Je vous prie de m'excuser, madame. Je me suis laissé emporter. Je n'avais pas l'intention de vous offenser. J'ai passé ma vie à naviguer, vous comprenez... Je n'ai jamais eu affaire qu'à des hommes... Et maintenant que j'ai retrouvé mon coffre... je tiens à le garder ! »

La violente colère qui venait d'agiter le barbu semblait s'être éteinte d'un coup. De son côté, la tante Mathilda se calma aussi vite qu'elle avait pris feu. Elle désigna du doigt le coffre en bois de teck autour duquel tournaient les trois garçons.

« Si ce coffre vous appartient, dit-elle, comment se fait-il qu'il soit ici ?

— On me l'a volé, madame, répondit vivement Java Jim. Un coquin me l'a dérobé il y a deux semaines, sur le bateau à bord duquel je me trouvais, juste comme nous venions de toucher San Francisco. Ce misérable l'a cédé à un revendeur, sur le quai. Et ce revendeur l'a expédié ici avant que j'aie eu le temps de retrouver sa trace. Je viens réclamer mon bien.

— Ma foi... », commença la tante Mathilda, hésitante.

Bob, qui venait d'ouvrir le coffre, montra un nom gravé à l'intérieur du couvercle.

« Il y a quelque chose d'inscrit là !... *Argyll*

Queen... Etait-ce le nom de votre bateau, monsieur Java ?

— Non, mon garçon, répondit Java Jim. Ce coffre est ancien. Il a bien dû passer par une cinquantaine de mains au cours des années. Ce nom était déjà gravé sous le couvercle quand je l'ai acheté à Singapour.

— J'ai reçu l'objet seulement hier, expliqua M. Acres. C'est Walt Baskin, de San Francisco, qui me l'a expédié. Il était convenu qu'il m'enverrait un lot d'articles orientaux pour mon musée et j'ai oublié de résilier cette commande lorsque j'ai brusquement décidé de fermer.

— Je suis prêt à payer ce coffre un bon prix, dit Java Jim.

— Ma foi, répéta la tante Mathilda. Je suppose qu'il vous appartient. Vous pouvez payer à M. Acres ce qu'il lui a coûté et... »

Elle fut interrompue par une exclamation de Bob. Immédiatement on entendit comme un déclic... et une sorte d'éclair passa dans l'air en sifflant... et manqua de peu l'oreille d'Hannibal avant d'aller se ficher dans le mur, derrière lui.

Chapitre 2

Dangers passés et présents

Sur le moment, personne ne bougea. Le poignard — car l'éclair s'était matérialisé en un solide poignard! — vibrait encore, la pointe de sa lame enfoncée dans le mur. La tante Mathilda réagit la première.

« Hannibal! cria-t-elle. Tu n'es pas blessé, au moins ? »

Le jeune garçon fit non de la tête et, les jambes molles, se laissa choir sur un vieux banc. Il avait senti au passage le vent de la petite mort.

« Qui a lancé ça ? s'écria M. Acres, très ému, en regardant partout autour de lui.

— Per... personne n'a lancé cette arme! bégaya Bob. Elle est sortie droit du coffre. »

M. Acres se pencha sur la boîte.

« Ça, alors! s'exclama-t-il. Regardez! Un compartiment secret... là... tout au fond! Bob a dû toucher le mécanisme qui en commandait l'ouverture... un ressort caché, sans doute. L'arme s'est trouvée libérée. C'est un piège à voleur!

— Destiné à poignarder quiconque fouille dans ce coffre!» enchaîna Peter.

La tante Mathilda marcha droit sur Java Jim.

«Si ce piège diabolique est votre œuvre, je jure de...

— Non, non! protesta l'homme. J'ai parlé de danger sans savoir qu'il s'agissait de cette maudite mécanique.

— Je crois qu'il dit vrai», déclara brusquement Hannibal. Ses joues avaient repris leur teinte naturelle. Il arracha le poignard du mur et en examina la lame. «C'est une dague orientale, probablement indienne. Ce piège a dû être mis en place, voici environ un siècle, par des pirates.

— Des pirates?» répéta Bob.

Les yeux brillants de curiosité, Hannibal se pencha sur le coffre pour examiner le compartiment secret.

«J'avais vu juste! s'écria-t-il alors d'un ton triomphant. Le ressort est fait à la main et tout rouillé. Ce piège visait à protéger les choses précieuses contenues dans le coffre. C'est du travail artisanal signé par des pirates de Java ou de Malaisie.

— Java, comme Java Jim!» fit remarquer Bob.

Tout le monde regarda le marin barbu.

«Hé, là! Doucement! dit celui-ci. Java Jim n'est qu'un surnom qu'on m'a donné quand j'étais jeune parce que j'ai vécu quelque temps dans cette île. Je ne sais rien au sujet de ces pirates!»

Peter grommela entre ses dents :

«Et moi, je ne sais même pas où se trouve Java.

— C'est, expliqua Hannibal, une grande île

qui fait partie de l'Indonésie au même titre que Sumatra, la Nouvelle-Guinée, Bornéo, les Célèbes et plusieurs milliers de petites îles. Actuellement, l'Indonésie est un Etat indépendant mais, autrefois, elle était colonie hollandaise au sein des Indes orientales. Elle se composait alors de centaines de petits royaumes gouvernés par des sultans qui n'hésitaient pas à se transformer en pirates.

— Comme Barbenoire? demanda Peter. Naviguant sur des voiliers, avec des canons et le pavillon marqué d'une tête de mort?

— Pas exactement, répondit Hannibal non sans emphase. C'étaient là les attributs des pirates occidentaux. Barbenoire était anglais, tu sais! Les pirates d'Orient ne possédaient pas de gros navires, ne hissaient pas le "Jolly Roger" et possédaient rarement des canons. C'étaient des indigènes qui restaient aux aguets dans leur multitude d'îles, hantant les rivières et les villages, et qui attaquaient les bateaux européens ou américains en grimpant à leur bord par milliers. Ces bateaux étaient là pour acheter des épices, du thé et des étoffes de soie. Ils transportaient de quoi payer cette marchandise, en sacs d'or et d'argent. Les pirates s'appropriaient ces richesses ainsi que les armes se trouvant à bord. Parfois, les navires ripostaient en attaquant les pirates dans leurs repaires. Mais ces gredins possédaient mille ruses pour se défendre... y compris des pièges comme le poignard dans ce coffre.

— Tu penses, dit Bob, que les matelots volés cherchaient à récupérer leur bien, et que des pièges de ce genre...

— Regardez! s'écria Peter, coupant la parole

à son ami. Regardez ce que je viens de trouver dans le coffre... Une bague. Elle était dans le compartiment secret!

— Peut-être y a-t-il encore autre chose!» suggéra Bob.

Java Jim repoussa Peter pour se pencher à son tour sur le coffre :

« Laissez-moi voir!... Miséricorde! Il n'y a rien d'autre. »

Hannibal examina la bague. Le métal dont elle était faite — or ou cuivre? — présentait un réseau de dessins gravés, d'une inspiration nettement orientale. Le chaton s'ornait d'une pierre rouge et brillante.

« C'est une vraie pierre précieuse? demanda Peter.

— Je n'en sais rien, mais c'est possible, répondit Hannibal. On trouve de l'or et quantité de pierres en Orient, On y trouve aussi pas mal de toc, malheureusement. »

Java Jim tendit la main pour s'emparer du bijou.

« Vrai ou faux, ce truc-là m'appartient! Le coffre m'a été volé et tout ce qu'il contient est ma propriété! Dites-moi combien vous l'avez payé, madame. Je vous rembourserai.

— Eh bien... commença la tante Mathilda.

— Attention, ma tante! dit vivement Hannibal. Nous ne sommes pas certains que le coffre soit à lui. Son nom n'est pas marqué dessus. Nous ne sommes pas forcés de le croire sur parole.

— Non, mais! Vous me prenez pour un menteur, dirait-on!»

La voix de Java Jim grondait comme le tonnerre.

« Montrez-nous une facture, continua Hannibal sans se laisser impressionner, ou fournissez-nous une preuve quelconque de vos droits de propriétaire.

— Tous les matelots du bord ont vu ce coffre ! Tous mes copains peuvent jurer qu'il est bien à moi.

— Dans ces conditions, déclara Hannibal d'une voix ferme, nous allons transporter l'objet dans notre entrepôt avec promesse de ne pas le mettre en vente avant une semaine. Cela vous donnera le temps de nous apporter une preuve.

— Voilà un compromis qui me semble raisonnable », opina M. Acres.

Java Jim ne put se contenir plus longtemps.

« Au diable, vous tous ! hurla-t-il. J'en ai assez ! Je reprends mon bien. N'essayez pas de m'en empêcher ! Et pour commencer, rendez-moi cette bague. Tout de suite ! »

Comme le marin s'avançait vers lui d'un air menaçant, Hannibal battit en retraite du côté de la porte. Sa tante fit mine de s'interposer entre lui et le marin barbu.

« Doucement ! conseilla-t-elle.

— Oh, vous, la ferme ! aboya aimablement le marin hors de lui. Otez-vous de mon passage ! »

Au même instant, une haute silhouette s'encadra dans la porte. Hans, blond et athlétique, entra dans le musée.

« Vous ne devriez pas parler sur ce ton à Mme Jones ! déclara-t-il. A votre place, je lui présenterais des excuses.

— Cet homme essaie d'arracher une bague des mains d'Hannibal et veut emporter ce coffre ! cria Bob.

— Attrapez-le! ordonna Hannibal de son côté.

— D'accord», acquiesça Hans avec placidité.

Comme il s'avançait vers Java Jim, celui-ci laissa échapper un juron, poussa M. Acres dans les jambes du Bavarois et se précipita au fond de la grande salle.

«Ne le laissez pas filer!» hurla Peter.

Mais Hans trébucha sur M. Acres et faillit renverser les garçons auxquels il s'accrocha pour ne pas tomber. Pendant ce temps, Java Jim s'esquiva par la porte de derrière. On entendit presque aussitôt rugir un moteur de voiture. Les trois garçons se précipitèrent dehors... pour n'apercevoir qu'un nuage de poussière au tournant de la route.

«Bon débarras! déclara la tante Mathilda. Nous pouvons enfin nous remettre à charger la camionnette.

— Je me demande, murmura Bob, pourquoi il tenait tant à ce coffre. C'est curieux!

— Assez bavardé, garçons! Au travail! Il nous faudra faire un second chargement, je le crains!»

Une heure plus tard, la camionnette était bourrée à craquer. La tante Mathilda monta à côté de Hans. M. Acres aida Hannibal et ses camarades à se caser à l'arrière.

«Monsieur Acres, dit brusquement le chef des Détectives, je vous ai entendu dire tout à l'heure à ma tante que votre correspondant de San Francisco, M. Baskin, vous avait envoyé le coffre non seulement parce que c'était un article d'Orient mais aussi parce qu'il présentait un intérêt local... Qu'entendez-vous par là?

— Eh bien... Rappelez-vous le nom d'*Argyll*

Queen à l'intérieur du couvercle. C'était celui d'un navire qui a coulé au large de Rocky il y a une centaine d'années. J'ai eu l'occasion déjà d'avoir dans mon musée certains autres objets provenant de cette même époque.

— J'y suis! s'écria Hannibal en se frappant le front. La mémoire me revient! L'*Argyll Queen* était un trois-mâts qui a heurté un récif, en 1870. »

La camionnette démarra. Hannibal demeurait perdu dans ses pensées. Bob et Peter bavardaient entre eux tout en regardant machinalement la route, à l'arrière. Soudain, Peter fronça les sourcils. Et, juste comme la camionnette entrait dans la cour du *Paradis de la Brocante*, il se tourna vers Hannibal :

« Babal! Je suis sûr qu'on nous suit. Une Volkswagen verte qui ne nous a pas lâchés durant tout le parcours. Et voilà qu'elle vient de s'engager derrière nous dans la ruelle! »

Les trois garçons sautèrent dans la cour pour galoper vers le portail. Une Volkswagen verte se trouvait bel et bien de l'autre côté de la rue. Mais, avant que les jeunes détectives aient pu voir qui se trouvait à l'intérieur, la voiture démarra et s'éloigna à vive allure.

« Flûte! dit Peter. Pensez-vous que ce soit Java Jim?

— Possible, murmura Hannibal. Mais quand il a filé, tout à l'heure, il est parti dans la direction opposée à Rocky.

— Il se pourrait que quelqu'un d'autre s'intéresse à ce vieux coffre, suggéra Bob.

— Ou au naufrage de l'*Argyll Queen*! » ajouta Hannibal. A la perspective d'un mystère possible, les yeux du jeune garçon s'étaient mis à briller. « Dites donc, les gars! Voilà peut-être un cas pour les trois Détectives... »

La tante Mathilda lui coupa la parole.

« Alors! Il faut donc que je vienne vous chercher moi-même?... La camionnette ne se déchargera pas toute seule, vous savez. Allons, secouez-vous! »

Les trois camarades furent bien forcés d'obéir. Le mystère du vieux coffre devrait attendre...

Chapitre 3

Le naufrage de l'*Argyll Queen*

Il était midi passé quand la camionnette fut enfin déchargée. La tante Mathilda se hâta de traverser la rue pour aller préparer le déjeuner : la maison des Jones se trouvait juste en face de l'entrepôt. Sans perdre une seconde, les garçons revinrent au vieux coffre.

« Nous l'étudierons plus à notre aise à notre quartier général ! décréta Hannibal. Chargez-vous de l'y transporter ! Moi, j'ai quelque chose d'urgent à faire ! »

Il partit en courant, laissant Bob et Peter debout près du gros coffre. Non sans beaucoup soupirer et ronchonner, les deux garçons empoignèrent le meuble chacun par une poignée. Peinant sous le faix, ils portèrent le coffre jusqu'à l'établi d'Hannibal, aménagé par le chef des Détectives dans un coin de la cour. Au-dessous de l'établi s'ouvrait le « tunnel numéro deux » — un énorme tuyau de fonte — qui, courant sous un tas d'objets de rebut, aboutissait au Q.G. secret des trois amis.

Ce quartier général était une vieille caravane désaffectée que les garçons avaient arrangée à leur manière. Elle était soigneusement camouflée par des montagnes de meubles hors d'usage mais, à l'intérieur, offrait l'aspect d'un très moderne bureau avec chambre noire, lavabo, bureau, machine à écrire et... téléphone! Il y avait même un périscope, qui permettait de surveiller les alentours, et tout un tas de gadgets destinés à aider les jeunes détectives dans leur tâche, gadgets dus pour la plupart à l'imagination d'Hannibal.

Mais les issues secrètes du Q.G. présentaient, hélas, un inconvénient : elles n'étaient pas prévues pour livrer passage à de gros meubles :

« Le coffre n'entrera jamais dans le tunnel! » grommela Peter.

Bob et lui posèrent le coffre à terre. Au même instant, Hannibal sortit en rampant du tunnel en question. Ses camarades le mirent au courant de leur problème.

« Hum! fit Hannibal en regardant le tuyau de fonte d'un œil perplexe. J'aurais dû prévoir ça! Nous allons essayer de passer par l'entrée facile numéro trois! »

Cette « entrée facile » consistait tout bonnement en une vieille porte, lourde et épaisse, appuyée contre deux tas de bois. Une clé rouillée, dissimulée dans un tonneau plein d'objets non moins rouillés, permettait de l'ouvrir. Un étroit couloir, ménagé entre les tas de bois, aboutissait à la porte proprement dite de la remorque.

« Avant tout, dit Bob, nous ferions bien de prendre les mesures de la porte et du coffre!

— Il faudra aussi attendre qu'il n'y ait personne dans la cour, ajouta Hannibal. Et maintenant, j'ai une nouvelle pour vous. Je viens de découvrir que Java Jim est un fieffé menteur !

— Comment ça ? demanda Peter, intéressé.

— J'ai téléphoné à M. Baskin, le fournisseur de M. Acres à San Francisco, expliqua Hannibal. Eh bien, ce n'est pas un marin qui lui a vendu le coffre mais un brocanteur de Santa Barbara ! Ce commerçant l'avait acheté à une femme, six mois plus tôt. Que dites-vous de cela ?

— Nom d'un pétard ! lança Peter. Peut-être même que Java Jim n'est pas un vrai marin !

— Un bon point pour toi, mon vieux, approuva gravement le chef des Détectives. Il se peut très bien que les vêtements de matelot de Java Jim ne soient qu'un déguisement. Ils sont un peu trop folkloriques pour faire vrai...

— C'est aussi mon avis, opina Bob.

— J'ai découvert autre chose, reprit Hannibal. Java Jim a bien rendu visite à M. Baskin mais il lui a débité une autre histoire qu'à nous. Il a prétendu que, profitant d'une de ses absences, sa sœur avait vendu un coffre qui lui appartenait. Il cherchait à le récupérer.

— Pourquoi nous a-t-il donné une version différente de l'histoire ? demanda Peter, surpris.

— En disant qu'on l'avait volé, sans doute espérait-il mettre plus vite la main sur le coffre. En tout cas, ce qu'il a raconté à M. Baskin prouve une chose : Java Jim savait que c'était une femme qui avait vendu le coffre. La vente remonte à six mois mais Java n'a dû l'apprendre que tout récemment. S'il en avait été autrement, il se serait mis en chasse depuis longtemps.

— Je me demande, dit Bob, pourquoi cet homme tient tellement à avoir ce coffre. Après tout, il est vide.

— Il contenait la bague, rappela Peter. Ce bijou a peut-être de la valeur.

— Mais Java Jim ignorait l'existence de cette bague! Nous ne l'avons trouvée que parce que le compartiment secret s'est ouvert.

— Il se peut que Java ait su qu'un objet précieux se cachait à l'intérieur du coffre, sans connaître au juste la nature dudit objet, hasarda Peter.

— Il est également possible, ajouta Hannibal, que le coffre soit important à ses yeux parce qu'il vient de l'*Argyll Queen*. Qui sait même si notre homme ne s'intéresse pas au bateau lui-même?»

L'éclat du regard, chez Hannibal, indiquait toujours que son cerveau travaillait ferme. Et, en ce moment précis, comme ses yeux brillaient! Bob, cependant, hocha la tête d'un air sceptique.

«Tu crois vraiment, Babal, que Java Jim se soucie d'un navire qui a coulé voilà plus de cent ans?

— Et pourquoi s'y intéresserait-il? renchérit Peter.

— Je n'en sais rien, avoua Hannibal. Mais raisonnez un peu. A l'exception du poignard et de la bague, le coffre ne contenait rien... que le nom du bateau. A mon avis, nous devrions creuser un peu l'histoire de l'*Argyll Queen*.

— On doit pouvoir se renseigner à la Société historique, suggéra Bob.

— Moi, dit Peter, je n'ai pas le temps d'y aller. Maman veut que je l'aide à acheter ses cadeaux de Noël aujourd'hui et, ensuite, je dois travailler avec mon père.

— Je n'ai pas le temps moi non plus, déclara Hannibal. Je dois retourner au musée avec Hans pour le second chargement de la camionnette. A toi de te dévouer, mon vieux Bob!

— Entendu, acquiesça « Archives et Recherches » qui méritait bien ce surnom de rat de bibliothèque. Fouiner dans les livres, c'est ma partie! »

Un instant plus tard, la tante Mathilda ayant appelé Hannibal à grands cris, les trois garçons se séparèrent.

Après le déjeuner, la mère de Bob l'envoya acheter des bougies multicolores pour garnir l'arbre de Noël et décorer la maison. Aussi était-il trois heures passées lorsque le jeune garçon pénétra dans le bâtiment de la Société historique de Rocky. La bibliothécaire lui sourit derrière son bureau.

« L'*Argyll Queen*, jeune homme? Mais, oui! Je crois que nous avons pas mal de documents concernant le naufrage de ce navire. Ce fut une terrible catastrophe dont on parlait encore bien des années plus tard. Des rumeurs ont également circulé... concernant un trésor.

— Un trésor? répéta Bob.

— Oui, de l'or et des bijoux, à ce qu'il paraît. Mais je me demande s'il faut y croire... Attendez un instant. Je vais chercher les documents qui vous intéressent... »

Bob attendit le retour de l'aimable bibliothécaire avec une impatience grandissante. Elle revint enfin, portant un gros classeur.

« Je crains que tout ne soit mélangé, làdedans », dit-elle en hochant la tête.

Bob la remercia et, désireux d'avoir la paix, se réfugia dans l'une des petites salles de lecture contiguës à la grande salle centrale. La pièce était déserte. Le jeune garçon s'installa devant une longue table et ouvrit le classeur.

Ce qu'il vit alors le consterna. La boîte était bourrée de journaux, de revues, de petits livres et de coupures de presse. Tout cela était entassé pêle-mêle, sans le moindre souci de classement. En soupirant, « Archives et Recherches » pêcha un article parmi les autres.

« J'ai bien peur, murmura une voix auprès de lui, que la lecture de tous ces documents ne vous prenne plusieurs jours. »

Surpris, Bob leva les yeux et aperçut un homme de petite taille, vêtu d'un complet noir à l'ancienne mode, et dont le gilet était barré d'une grosse chaîne de montre en or. Il avait un visage rond et rose et portait des lorgnons. Il souriait. Sa voix était grave mais amicale.

« Je suis le professeur Shay, de la Société historique, expliqua le petit homme. Mme Rutherford, notre bibliothécaire, vient de me signaler votre intérêt pour le naufrage de l'*Argyll Queen*. Nous aimons encourager les jeunes à étudier l'histoire. Peut-être puis-je vous éviter de longues recherches en vous fournissant directement quelques informations ?

— Vous êtes très documenté sur l'*Argyll Queen* ? demanda Bob.

— L'histoire locale n'est pas précisément ma spécialité, je l'avoue, mais l'un de nos auteurs vient de rédiger une brochure relatant toute l'affaire. Cela m'a beaucoup appris. Que savez-vous personnellement à ce sujet, jeune homme ?

— Peu de chose : seulement que l'*Argyll*

Queen était un trois-mâts, qu'il a sombré en 1870 au large de Rocky et que des bruits ont couru, relatifs à un trésor qu'il aurait transporté. »

Le professeur se mit à rire.

« Voilà bien le genre de rumeurs qui circulent chaque fois qu'un bateau coule, mon garçon. Mais vous avez raison en ce qui concerne la date. » Il s'assit en face de Bob. « L'*Argyll Queen* était un trois-mâts écossais, qui venait de Glasgow et faisait le commerce des épices et de l'étain. En revenant des Indes il fit escale à San Francisco et s'apprêtait à regagner l'Ecosse en passant par le cap Horn quand il fut pris dans une terrible tempête. Il s'est fracassé sur un récif, un soir de décembre de l'année 1870. Il y eut peu de survivants. Les hommes qui tentèrent de gagner la côte perdirent la vie dans l'aventure. Cependant, l'épave ne coula pas tout de suite. Et ceux qui restèrent à bord et tinrent bon jusqu'à l'aube réussirent à se tirer d'affaire... Parmi eux, le capitaine qui, bien entendu, quitta le navire le dernier.

— Mais il n'y avait pas de trésor ?

— Je ne pense pas, mon jeune ami. L'*Argyll Queen* sombra dans des eaux relativement peu profondes et nombreux furent les plongeurs qui fouillèrent l'épave, à cette époque comme plus tard. Aujourd'hui encore, certains descendent jusqu'à la carcasse de ce malheureux navire. Mais c'est tout juste si, de loin en loin, ils remontent quelques pièces de monnaie sans grande valeur. Non, en vérité, je crains que toutes ces rumeurs n'aient été provoquées par une autre tragédie survenue peu après et qui semble liée à celle de l'*Argyll Queen*.

— Une autre tragédie, monsieur? s'exclama Bob fort intéressé. De quoi s'agit-il?

— Eh bien, l'un des survivants, un marin écossais du nom d'Angus Slunn, s'était fixé dans la région, tout près de Rocky. Or, en 1872, il fut assassiné par quatre hommes. Les meurtriers furent eux-mêmes lynchés par la foule avant d'avoir révélé la raison de leur crime. L'un d'eux n'était autre que l'ancien capitaine de l'*Argyll*. Les gens racontèrent alors que, s'il avait tué Slunn, c'était pour lui reprendre quelque chose que l'autre aurait volé à bord... peut-être un trésor, qui sait? On se remit à fouiller l'épave, on passa au crible toute la côte ainsi que la moindre parcelle de terre appartenant à Slunn, mais on ne trouva jamais rien... Angus, comme la plupart des matelots, tenait un journal dans lequel il relatait son existence quotidienne. Et ses descendants ont tout récemment fait don de ce journal à notre société, pour l'aider à rédiger la brochure dont je vous ai parlé tout à l'heure. Auparavant, la famille de Slunn a lu et relu le précieux document dans l'espoir d'y trouver un indice au sujet du trésor. En vain, hélas! Le journal ne contient aucun renseignement. »

Bob réfléchit, sourcils froncés :

« Le trésor était-il supposé venir des Indes, d'où le navire ramenait des épices, monsieur?

— En effet. On a parlé d'un trésor de pirate... Pourquoi? Savez-vous quelque chose à ce propos, mon garçon?

— Heu... non, monsieur. Je... je me posais juste la question.

— Je vois... dit le professeur en souriant. A mon tour de vous en poser une. Pourquoi vous intéressez-vous au naufrage de l'*Argyll Queen*?

— Eh bien... heu... c'est pour faire une rédaction... pendant les vacances de Noël... expliqua Bob en bafouillant.

— Bien sûr! Très bonne idée...

— S'il vous plaît, monsieur? Me serait-il possible de voir le journal d'Angus Slunn et la brochure sur l'*Argyll Queen*?» demanda Bob timidement.

Les yeux du professeur parurent pétiller derrière ses verres. Il sourit plus largement encore.

« Toujours pour votre rédaction, sans doute?... Très volontiers, mon garçon! Et si vous découvrez quelque chose de neuf ne manquez pas de nous le faire savoir. Nous mentionnerons votre nom dans notre revue. »

Il s'en alla sur ces mots. Quelques minutes plus tard, Mme Rutherford apportait à Bob une mince brochure intitulée « Le naufrage de l'*Argyll Queen* » et un gros cahier à la couverture de toile cirée. Le jeune garçon se mit à la tâche...

Le crépuscule tombait lorsque Bob arriva à vélo au *Paradis de la Brocante.* La cour de l'entrepôt était fermée par une barrière en bois des plus extraordinaires. En effet, tous les artistes de Rocky l'avaient décorée de fresques aux couleurs vives. La partie délimitant l'arrière de la cour représentait une scène d'une beauté tragique : le grand incendie de San Francisco, en 1906.

Bob mit pied à terre devant une peinture particulièrement évocatrice. On voyait là un petit chien contemplant d'un œil mélancolique sa maison dévorée par les flammes. Bob ôta le nœud qui formait l'œil du chien, passa sa main par le trou et défit un loquet. Il n'eut ensuite qu'à pousser une section composée de trois planches pour entrer. A partir de là le jeune garçon pouvait se rendre au quartier général des Détectives en rampant le long d'un passage aménagé parmi les objets de rebut. Mais il préféra, auparavant, aller jeter un coup d'œil à l'atelier. Tandis qu'il traversait la cour en poussant son vélo, Peter fit son entrée par la porte principale.

« En voilà des vacances! grommela le grand garçon. Mon père m'a fait travailler tout l'après-midi. J'aurais presque mieux aimé être en classe! »

Les deux copains gagnèrent l'atelier où ils trouvèrent Hannibal en train d'examiner le coffre oriental. Comme Bob se préparait à annoncer le résultat de ses recherches à la Société historique, le chef des Détectives leva la main.

« Un instant! dit-il. Je n'ai pas perdu mon temps en votre absence. Regardez ce que j'ai trouvé dans le coffre! »

Tout en parlant, il exhibait un cahier à la couverture cirée, semblable au journal que Bob avait lu à la bibliothèque de la Société historique, mais moins épais. Bob tendit la main pour prendre le manuscrit.

Soudain, une voix grondante s'éleva :

« Donnez-moi ce cahier! »

Java Jim, debout sur le seuil, dardait un regard flamboyant sur les trois garçons pétrifiés.

Chapitre 4

Le second journal

Hannibal se ressaisit le premier et, d'un bond, se réfugia derrière l'établi. Java Jim s'avança vers lui d'un air menaçant. Le chef des Détectives serra un peu plus fort le cahier contre lui.

« Peter ! Bob ! cria-t-il brusquement. Plan numéro un ! »

Java Jim pivota vivement sur ses talons pour foudroyer les deux garçons du regard. Ses yeux brillaient comme des escarboucles dans son visage tanné par l'air du large.

« Pas de blague, les gosses ! Sinon, il vous en cuira ! »

La menace parut clouer sur place les deux garçons. Java Jim les fixa du regard quelques secondes encore. Peter et Bob avalèrent péniblement leur salive. Le marin barbu eut alors un mauvais sourire et fit de nouveau face à Hannibal.

« Et maintenant, ordonna-t-il, passez-moi ce cahier ! »

Hannibal se mit à tourner lentement autour de l'établi.

«Vous êtes un menteur et un voleur!» cria-t-il à Java Jim.

Celui-ci se mit à rire.

«Il se pourrait bien que je sois pire que cela encore, avoua-t-il avec cynisme. Je veux ce manuscrit. Compris?»

Hannibal poursuivit son mouvement tournant, entraînant son adversaire à sa suite, jusqu'au moment où celui-ci se trouva le dos contre une pile de vieilleries bonnes à jeter.

«A vous, les copains!» hurla alors le chef des Détectives.

A la seconde même, Peter et Bob, qui avaient manœuvré habilement pour se rapprocher du tas de détritus, se baissèrent brusquement. Chacun empoigna par un bout une latte de bois qui traversait le tas de part en part. Java Jim se retourna en poussant un juron, mais... trop tard!

«AAAHHH!»

Bob et Peter avaient déjà fait un bond de côté tandis qu'une montagne d'objets hétéroclites s'effondrait sur le marin. Des bouts de planche, des ressorts de sommier, des chaises brisées et des chiffons poussiéreux dégringolaient en cascade. Le barbu jouait des pieds et des poings pour tenter de se protéger contre cette marée qui menaçait de le submerger.

Le spectacle était tellement drôle que Peter et Bob s'arrêtèrent pour le contempler en riant. Mais Hannibal gardait le sens des réalités.

«Grouillez-vous, sapristi! leur cria-t-il. Dégageons, et en vitesse!»

Trébuchant sur les objets qui avaient roulé à terre, les trois garçons quittèrent précipitamment l'atelier et filèrent droit vers le bureau de l'entrepôt. Hans se trouvait à proximité, achevant de décharger la camionnette.

« Hans ! cria Peter. Java Jim est dans l'atelier. Il nous a attaqués !

— Vraiment ! dit le grand Bavarois sans se troubler. Suivez-moi, nous allons voir. »

Les garçons retraversèrent donc la cour sur les talons du géant blond. Mais l'atelier avait cessé de retentir des jurons de Java Jim. En revanche, dans la pénombre crépusculaire, on apercevait une ombre humaine qui se hâtait vers la barrière, au fond de la cour.

« Il nous échappe ! hurla Bob.

— Et il emporte quelque chose, ajouta Peter qui avait une vue perçante. Le cahier ! Tu dois l'avoir semé en route, Babal. Quelle malchance !

— Ça, tu peux le dire », gémit Bob, désespéré.

Hans se mit à courir :

« Nous allons le coincer à la barrière, vous allez voir !

— Je ne pense pas, dit Hannibal, déjà essoufflé. Regardez ! Il sait comment manœuvrer les trois planches. Il a dû voir l'un de nous entrer par là.

— Ça y est ! Le voilà parti ! » cria Bob désolé.

Hans et les trois Détectives forcèrent encore l'allure. Hélas ! Quand ils débouchèrent à leur tour dans la rue, Java Jim avait disparu.

« La Volkswagen verte ! » s'écria Peter.

Effectivement, la petite voiture filait déjà le long du trottoir. Elle prit de la vitesse et disparut au premier tournant.

« Flûte ! soupira Bob. Il nous a glissé entre les doigts.

— Je le regrette, dit Hans, mais l'essentiel est

que vous soyez sains et saufs. Allons! Il faut que je retourne à mon travail. Il est presque l'heure du dîner. »

Les jeunes détectives retournèrent à l'atelier pour y évaluer les dégâts du «plan numéro un». Peter fit la grimace.

«Il va falloir de nouveau entasser toutes ces horreurs, déclara-t-il. Dire que notre belle démonstration n'a pas réussi à arrêter Java Jim! Il a filé avec le cahier!

— Il a filé, d'accord, mais pas avec le cahier!» annonça Hannibal d'un ton triomphant.

Et, souriant, il sortit de sous sa chemise une petite liasse de minces feuilles de papier. C'était le cahier... sa couverture en moins.

«Quand j'ai trouvé le manuscrit, expliqua Hannibal, les feuilles ne tenaient déjà presque plus. J'ai achevé de les détacher d'un coup sec et je les ai fourrées dans l'échancrure de ma chemise. En courant, j'ai fait exprès de lâcher la couverture à un endroit où Java Jim ne pouvait manquer de la voir. Comme elle est épaisse, le barbu n'y a vu que du feu. Il a pris la proie pour l'ombre.

— Eh bien, dit Peter rayonnant, on peut dire que tu es drôlement malin!

— Pour ça, oui! renchérit Bob avec chaleur. C'est fou ce que ton cerveau travaille vite!»

Flatté par ces compliments, Hannibal reprit :

«En nous rendant visite, Java Jim nous a révélé quelque chose sans même s'en douter.

— Quoi donc, Babal? demanda Peter.

— Que ce n'est pas spécialement le coffre oriental qu'il cherche à avoir... Avez-vous remarqué? Il ne nous a pas réclamé la bague et n'a pas tenté de s'emparer du coffre.

— C'est ma foi vrai, reconnut Peter. Il voulait seulement ce cahier que tu as trouvé.

— Comme s'il savait d'avance que le manuscrit venait du coffre, ajouta Bob.

— Ou du moins comme s'il s'en doutait, rectifia Hannibal. A mon avis, c'est ce cahier, et lui seul, que Java Jim cherche depuis le début.

— Ah, ça! marmonna Peter, intrigué. Qu'est-ce que ces feuilles peuvent donc contenir de si important?»

Hannibal brandit la liasse.

«Il s'agit d'un journal, Peter. Un journal, dont l'auteur a noté jour après jour ses faits et gestes.

— Un journal! s'exclama Bob. Je viens précisément d'en lire un, écrit par un des survivants du naufrage de l'*Argyll Queen*!»

Là-dessus, «Archives et Recherches» exposa le résultat de ses démarches à la Société historique.

«La brochure relatant le naufrage du navire ne contenait rien de plus que ce que m'avait déjà appris le professeur Shay. Quant au journal, il porte sur environ deux années de l'existence d'Angus Slunn. Celui-ci décrit le naufrage et explique qu'il réussit à toucher terre grâce à un canot de sauvetage, le lendemain à l'aube, une fois la tempête calmée. Puis il énumère ses déplacements à travers la Californie jusqu'au jour où il trouva enfin un coin convenable pour s'y fixer et y bâtir une maison.

— A aucun moment le journal ne parle du trésor? demanda Peter.

— Angus n'en souffle mot. Il ne parle pas davantage du capitaine ou d'un danger quelconque. Sa seule idée fixe semble être de construire cette maison. En fait son journal est plutôt monotone. »

C'était au tour d'Hannibal de raconter.

« Mes amis, commença-t-il, en votre absence, j'ai trouvé ce mince cahier, qui est également un journal, à l'intérieur du coffre. Celui-ci est à double fond et même à doubles parois. Je m'en doutais déjà car, ce matin, ayant secoué le coffre, j'avais senti bouger quelque chose à l'intérieur... J'ignore au juste à quoi visait initialement ce dispositif : peut-être à mieux camoufler le compartiment secret ou peut-être encore à tenir le contenu du coffre à l'abri de l'eau... Cet après-midi, j'ai inspecté avec soin l'intérieur de la boîte et j'ai repéré un morceau de bois dont la couleur et le grain tranchaient sur le reste. Il portait la trace d'une réparation, sûrement très ancienne. J'ai forcé cette pièce rapportée et, à l'aide d'un crochet, j'ai fourragé à l'intérieur de la double paroi. Et voilà ce que j'ai pêché : ce journal!

— A ton avis, quelqu'un l'a caché là exprès? demanda Peter.

— Non. Je pense plutôt que la paroi intérieure du coffre a dû être crevée à un moment quelconque et que le journal a glissé dans l'intervalle, par accident. Puis on aura réparé le dommage sans se rendre compte de rien.

— Et Java Jim a deviné que le journal était toujours dans le coffre! Et il veut ce journal. Pourquoi, au fait?

— Lis la première page, Bob, et tu le sauras! »

Ce disant, Hannibal tendait à son ami les feuillets qu'il tenait. Bob se pencha dessus et lut tout haut :

« Angus Slunn, Lac-au-Fantôme, Californie, 29 octobre 1872 ! » Il poussa une exclamation. « Babal ! C'est l'homme qui a aussi écrit l'autre journal ! Le survivant du naufrage de l'*Argyll Queen* !

— A quelle date se termine cet autre journal, Bob ? » demanda Hannibal.

« Archives et Recherches » fouilla dans sa poche et consulta ses notes.

« Voyons un peu... Ah ! J'y suis. Le premier journal s'arrête à la date du 28 octobre 1872... Autrement dit, le journal que tu as déniché est la suite directe de celui que j'ai lu... une suite que tout le monde ignore.

— Je parie qu'elle fait allusion au trésor ! » s'écria Peter avec enthousiasme.

Mais Hannibal secoua la tête.

« Malheureusement non, soupira-t-il. Je l'ai lu attentivement sans rien y trouver d'intéressant. Il ressemble tout à fait à celui de la Société historique... une simple énumération de menus faits quotidiens !

— Dans ce cas, pourquoi Java Jim tient-il tellement à se l'approprier ? demanda Peter.

— Peuh ! souffla Bob, découragé, qui sait même si c'est après ce manuscrit qu'il court ?... »

Hannibal réfléchissait.

« Bob, dit-il, tu es certain que c'est tout récemment que la famille Slunn a offert ce premier journal à la Société historique ?

— Parfaitement... Hé ! Cela signifie...

— Que les descendants d'Angus habitent toujours dans les parages, acheva Hannibal. Suivez-moi, mes amis ! »

Hannibal se mit à ramper dans le tunnel numéro deux, imité par ses deux amis. Quand ils émergèrent dans la caravane-Q.G., il empoigna l'annuaire téléphonique.

« Nous y voilà !... Mme Angus Slunn, 4, route du Lac-au-Fantôme. Passe-moi la carte, Peter. »

Tandis que Bob confectionnait une nouvelle reliure pour le journal du marin, Hannibal étudiait la carte.

« J'ai trouvé ! annonça-t-il bientôt. C'est à cinq kilomètres d'ici, dans la montagne. » Il sourit, tout content. « Demain, nous irons rendre visite à Mme Angus Slunn. »

Chapitre 5

Attaque imprévue

Le lendemain matin, lorsque les trois amis enfourchèrent leurs bicyclettes, le temps était parfait pour une promenade : il faisait beau et frais. Mais lorsque, après avoir parcouru un bon bout de route, les jeunes garçons s'engagèrent sur le chemin grimpant à flanc de montagne, le soleil était déjà chaud.

Peter s'assura qu'ils ne se trompaient pas de direction.

« C'est bien ça... route du Lac-au-Fantôme ! Ça m'a l'air de monter sec !

— Hélas ! soupira Hannibal. Nous allons être obligés de pousser nos vélos. Courage ! »

Les trois compagnons se mirent à marcher, tenant leurs bicyclettes à la main. Le chemin de montagne serpentait parmi de grands arbres.

« Je me demande d'où cette route tire son nom, dit soudain Bob. Route du Lac-au-Fantôme !... A ma connaissance, il n'y a pas de lacs dans nos montagnes. »

A cette remarque judicieuse de son ami, Hannibal fronça les sourcils.

« C'est curieux, en effet, opina-t-il.

— Il s'agit peut-être d'une des réserves d'eau, suggéra Peter.

— On n'aurait pas baptisé un simple réservoir "Lac-au-Fantôme", objecta Bob, et du reste... »

Il s'interrompit brusquement et prêta l'oreille... Ses camarades avaient entendu comme lui. Le bruit d'un moteur s'élevait au-dessus d'eux. Une voiture descendait rapidement le chemin, venant du Lac-au-Fantôme. Les pneus crissaient lorsqu'elle prenait les virages. Cela dura quelques instants puis le véhicule fit son apparition, se rapprochant à vive allure.

Peter le reconnut au premier coup d'œil.

« La Volkswagen verte ! s'exclama-t-il.

— Serait-ce Java Jim ? demanda Bob.

— Vite ! ordonna Hannibal. Cachons-nous ! »

Avec l'espoir que le conducteur ne les avait pas déjà aperçus, les trois compagnons lancèrent leurs vélos dans le fossé et sautèrent parmi les buissons qui poussaient au-delà. La petite voiture les dépassa en un éclair... puis ses freins grincèrent atrocement et elle s'arrêta.

Un homme en jaillit. Il se mit à courir en direction des garçons :

« Hep ! Les gosses ! Ecoutez un peu ! »

Ce n'était pas Java Jim mais un homme beaucoup plus jeune, avec une moustache et des cheveux bruns en désordre. Il était tout habillé de noir. Ses yeux lançaient des éclairs.

« Dites donc, les garçons, que faites-vous par ici ? »

Son air peu commode impressionna Peter :

« Filons ! » cria-t-il.

Tous trois commencèrent à courir parallèlement à la route, car le sous-bois était inextricable : il leur aurait fallu trop de temps pour s'y frayer un chemin. L'inconnu se jeta à leur poursuite.

« Qui... qui est-ce, Babal? questionna Bob, haletant.

— Cours plus vite! Tu poseras des questions plus tard », conseilla Peter.

Hannibal ralentit l'allure.

« Peut-être ferions-nous mieux de nous arrêter pour lui parler... » commença-t-il.

Au même instant, un autre bruit parut emplir les bois : celui d'un cheval lancé au galop!

Stupéfaits, les garçons firent halte. Un cavalier apparut parmi les arbres. Il se dirigeait droit vers eux. Quelque chose de long miroitait dans sa main droite.

« Quoi... quoi... qu'est-ce que c'est? bégaya Peter.

— Regardez! » cria Hannibal.

Le cavalier, les dépassant, venait de sauter sur la route et fonçait vers la Volkswagen. Mais le jeune homme aux cheveux hirsutes ne l'avait pas attendu. Déjà il retournait à toutes jambes vers son véhicule, sautait dedans, démarrait en catastrophe et disparaissait dans un nuage de poussière. Le cavalier le poursuivit pendant quelques mètres puis fit faire demi-tour à sa monture et revint au galop vers les trois amis.

Le grand cheval s'arrêta net auprès d'eux. Le cavalier les foudroya du regard. C'était un homme trapu, au visage rougeaud, aux yeux bleus pleins de flamme. Il était vêtu d'une veste de tweed et de culottes de cheval. L'objet qui brillait dans sa main n'était autre qu'un énorme sabre, long et lourd.

« Ainsi, mes gaillards, je vous ai pincés! jetat-il d'une voix furieuse. Cette fois, vous ne m'échapperez pas !

— Mais... » commença Hannibal.

L'homme réduisit à néant ce début de protestation.

« Silence ! ordonna-t-il de sa voix tonnante. Je ne sais pas ce que vous complotiez avec cet autre individu qui m'a échappé, mais vous allez me le dire. »

Peter protesta à son tour :

« Nous ne connaissons pas cet homme. Il...

— Vous débiterez vos mensonges à d'autres qu'à moi ! Aux policiers, par exemple ! Et maintenant, en avant, marche !

— Mais, monsieur, insista Hannibal, nous...

— En avant, marche, ai-je dit ! » répéta le cavalier.

Et, agitant son sabre de façon menaçante, il fit avancer son cheval sur les garçons.

Il n'y avait pas moyen de désobéir. Aussi Hannibal, Peter et Bob rejoignirent-ils le chemin et se remirent-ils à grimper...

Dix minutes plus tard, ils parvinrent en haut d'une longue côte pour redescendre vers une vallée boisée entourée de montagnes à l'aspect désolé. Tout au fond, au milieu, on apercevait un lac minuscule. Sa superficie ne devait guère dépasser le double de celle d'un terrain de football. Une petite île, plantée d'arbres verts (des pins, semblait-il), en occupait le centre. Il en émergeait une manière de longue perche, avec une lanterne au bout. De grosses pierres, placées entre l'île et la terre ferme, formaient un gué.

Peter regarda la pièce d'eau, bouche bée.

« Ce serait " ça " le fameux lac ? murmura-t-il.

— Défense de parler! grommela le cavalier derrière les garçons. Continuez à descendre la pente... droit devant vous. Plus vite que ça!»

Les trois amis pressèrent le pas, sous le soleil brûlant. Au bout d'un moment. Peter ne put y tenir :

«Vous parlez d'un lac, chuchota-t-il à ses camarades. C'est tout juste une mare!»

Après un dernier tournant de la route, on arriva en vue d'une maison. Elle se dressait sur une petite butte et dominait le lac de toute la hauteur de ses trois étages. C'était une demeure certainement ancienne, aux murs de pierre grossièrement crépis, et à laquelle une tour carrée, à créneaux, conférait un aspect étrange. Cette tour, qui formait la partie centrale de ce curieux bâtiment, était flanquée de deux ailes. C'est en vain que le lierre tapissant les murs s'efforçait d'adoucir ce que l'ensemble avait de rigide. On avait l'impression de se trouver devant une manière de château fort, des plus rébarbatifs.

«Pouh! s'exclama Peter tout bas. Cette maison ressemble à une forteresse! En guettant du haut de la tour, on doit voir venir l'ennemi à des lieues à la ronde!

— Elle n'est pas banale, en effet, admit Hannibal dans un chuchotement. Le moins qu'on puisse en dire, c'est qu'elle ne cadre pas avec le paysage. Elle semble venue d'ailleurs!»

Le cavalier mit pied à terre :

«Entrez!» ordonna-t-il rudement aux garçons.

Ceux-ci obéirent. Ils se trouvèrent alors dans un grand vestibule lambrissé et décoré de tapisseries, d'armes anciennes et de têtes de cerfs.

Des tapis d'Orient recouvraient par endroits le parquet de bois. Mais tout cela était usé et ne payait pas de mine.

L'homme au visage rougeaud les poussa, de la pointe de son sabre, dans une salle immense, dotée d'un mobilier ancien et massif. Un feu de bois fumait plus qu'il ne pétillait dans la cheminée monumentale, sans réussir à réchauffer la pièce.

Une jeune femme, plutôt menue, était assise devant le feu. Un gamin aux cheveux roux, à peu près de la taille de Bob, se tenait à côté d'elle.

A la vue du cavalier, il s'écria joyeusement :

« Bravo, Rory ! Tu l'as pincé, n'est-ce pas ?

— Hélas, non ! répondit l'homme au sabre. Le gredin s'est enfui en voiture. En revanche, j'ai attrapé ses complices.

— Mais, fit la femme d'un air étonné. Ce ne sont que des enfants, Rory ! Ils n'ont certainement pas...

— On devient bandit à tout âge, Flora Slunn ! déclara le nommé Rory. Et ils sont bien assez grands pour mal faire ! » Il se tourna vers le gamin aux cheveux roux. « Téléphone à la police, Harvey. Nous allons régler une fois pour toutes ces histoires de cambriolage. »

Hannibal tressaillit.

« L'homme à la Volkswagen a donc cambriolé cette maison, monsieur ? demanda-t-il vivement. Que vous a-t-il volé ? »

L'homme se mit à rire.

« Comme si vous ne le saviez pas !

— Bien sûr que non, nous ne le savons pas ! protesta Peter. Nous ne connaissons pas cet homme. Nous l'avons vu pour la première fois aujourd'hui. En revanche, nous avions déjà remarqué sa voiture parce qu'elle nous suivait... »

Sans manifester aucune inquiétude, Hannibal s'adressa à Mme Slunn et expliqua posément :

« Nous étions en route pour vous rendre visite, madame, lorsque l'individu à la Volkswagen nous a croisés en chemin. Il s'est arrêté aussitôt et nous a pris en chasse. Je m'appelle Hannibal Jones. Je suis le neveu de Titus et Mathilda Jones, qui tiennent *Le Paradis de la Brocante*, à Rocky. Permettez-moi de vous présenter mes amis Bob Andy et Peter Crentch. Nous avons laissé nos bicyclettes au bord de la route, dans le fossé. Leur présence là-bas suffira à vous prouver que nous ne sommes pas venus dans la voiture de l'homme que vous accusez.

— Flora ! jeta le cavalier. C'est à la police de...

— Un peu de patience, Rory ! » dit Mme Slunn. Et, se tournant vers le trio : « Je suis Flora Slunn et voici mon fils, Harvey. Ce monsieur est notre cousin Rory McNab. Et maintenant, dites-moi pourquoi vous désiriez me voir.

— C'est à cause du coffre, madame ! » lâcha Peter tout de go.

Hannibal fournit des éclaircissements.

« Ma tante vient de faire l'acquisition d'un vieux coffre oriental en bois de teck, expliqua-t-il. Le nom d'un navire, l'*Argyll Queen*, est gravé à l'intérieur. Nous pensons que ce coffre a appartenu à votre ancêtre, Angus Slunn. Depuis que cet objet est en notre possession, des choses très mystérieuses se sont produites. Si vous consentiez à me révéler ce que l'homme à la Volkswagen a pris dans votre maison, cela nous aiderait peut-être à comprendre. »

Mme Slunn hésita.

« En fait, déclara-t-elle, il n'a rien volé du tout. C'est chaque fois la même chose... car on s'est introduit chez nous à plusieurs reprises, voyez-vous... Quelqu'un entre par effraction, fouille de fond en comble les affaires laissées par l'arrière-grand-père Angus, puis s'en va sans rien emporter.

— Rien du tout ? » insista Peter, très déçu.

Hannibal demanda vivement :

« Vous parlez de plusieurs cambriolages, madame Slunn. Combien de fois au juste votre maison a-t-elle été visitée ?

— Cinq fois au cours des derniers six mois. »

Harvey ne put y tenir. Il s'écria :

« C'est toujours les affaires du vieil Angus qui sont fouillées ! Je crois que notre voleur cherche à mettre la main sur...

— Sur le trésor ! acheva Bob.

— Maman ! s'écria Harvey. Tu vois, eux aussi pensent que le cambrioleur court après le trésor ! »

La mère de ce fougueux jeune garçon sourit.

« Ne vous emballez pas, mes enfants ! dit-elle. Cette vieille légende du trésor englouti est sans fondement. Nous le savons depuis longtemps. Harvey a beaucoup trop d'imagination.

— Peut-être pas ! » déclara Hannibal avec gravité.

Et, là-dessus, il raconta l'histoire de Java Jim qui semblait si fort intéressé par le coffre en bois de teck. Pour finir, il sortit de sa poche la bague à pierre rouge. Mme Slunn examina le bijou.

« Vous dites que vous l'avez trouvée dans le coffre ?

— Voyons, dit Rory McNab en prenant la bague à son tour. Peuh ! Ce n'est que du cuivre et du verre de couleur. Le vieil Angus possédait une pleine boîte de cette marchandise de pacotille. Vous n'êtes que des nigauds ! Des tas de gens ont lu le journal d'Angus et n'ont jamais découvert d'allusion au moindre trésor ! »

Mme Slunn soupira.

« Ce que dit Rory est vrai, mes enfants. Si le trésor avait existé, le journal du vieil Angus en aurait certainement fait mention. Or, il n'en parle nulle part. Toute cette histoire a été bâtie sur du sable.

— Il y a une suite à ce journal, annonça brusquement Hannibal, mais elle ne semble pas nous apprendre grand-chose non plus ! »

Et, d'un geste assez solennel, il tendit le second journal à Mme Slunn.

Chapitre 6

Une voix d'outre-tombe

« Un autre journal? s'écria Harvey avec enthousiasme.

— Qu'est-ce encore que ce tour de passe-passe ? » grommela Rory.

Mme Slunn s'empara du petit manuscrit. Elle en feuilleta lentement les pages, après s'être attardée sur la première.

« Ce garçon dit vrai, Rory, déclara-t-elle enfin. Ce journal est bien de l'écriture du vieil Angus. Et la signature, sur la page de garde, est bien la sienne aussi... Où avez-vous trouvé ceci, Hannibal ? »

Hannibal expliqua comment il avait été pêcher l'objet entre les deux parois — extérieure et intérieure — du coffre.

« Celui qui a réparé la paroi intérieure n'a pas remarqué le journal qui avait glissé par la fente. De même, il ignorait tout du compartiment secret. Sinon, le piège à voleur aurait fonctionné ! »

Mme Slunn l'approuva d'un signe de tête.

« A présent, dit-elle, je me souviens de ce coffre que possédait le vieil Angus. Je l'ai vendu, voici bien des années, après la mort de mon mari qui, d'ailleurs, s'appelait Angus lui aussi. Je me trouvais à court d'argent. Je me suis débarrassée de pas mal de choses à l'époque. Actuellement encore je suis loin de rouler sur l'or et cette maison est coûteuse à conserver. Sans l'aide de Rory et d'un travail acharné j'aurais dû y renoncer depuis longtemps.

— Vous n'aurez pas besoin de vendre la maison, Flora ! grommela Rory. Même sans ce trésor... qui n'existe d'ailleurs pas.

— Mais ce journal existe bel et bien, lui, monsieur, fit remarquer Hannibal.

— Appelez-moi Rory, jeune homme ! Je ne nie certes pas l'existence du journal, reconnut-il à contrecœur, mais il ne prouve pas celle du trésor, vous l'avez déclaré vous-même. Autant croire à un conte de fées !

— Mais la lettre, Rory ! s'écria le jeune Harvey.

— La lettre ? » répéta Hannibal.

Rory ignora la question sous-entendue.

« Nous ferions bien de jeter un coup d'œil à ce second journal, dit-il. Passez-le-moi ! »

Harvey prit le journal des mains de sa mère et le remit à son cousin. Rory et lui s'assirent sur un banc, près du feu, et commencèrent la lecture du manuscrit, Mme Slunn demeurait pensive.

« Oui... dit-elle enfin. S'il y avait un second journal il devait se trouver dans ce coffre. Mon mari m'a raconté que son grand-père, le fils du vieil Angus, avait trouvé le premier journal dans le coffre. Le grand-père Slunn a toujours été persuadé que le trésor n'était pas un mythe et que le vieil Angus y faisait allusion dans son journal. Mais son fils — le père de mon mari — affirmait au contraire que le journal ne fournissait aucun indice et que le trésor relevait de la pure légende.

— Pourquoi le fils d'Angus était-il tellement sûr de son fait ? demanda Bob.

— Ma foi, à cause d'une certaine lettre... Voyez-vous, le vieil Angus... » Mme Slunn s'interrompit et sourit aux trois garçons. « Peut-être ferais-je mieux de commencer par le commencement, dit-elle. Que savez-vous au juste vous-mêmes du vieil Angus ? »

Les trois Détectives exposèrent à la jeune femme ce qu'ils avaient appris sur le naufrage de l'*Argyll Queen* et ce qu'ils savaient du meurtre d'Angus Slunn.

« Ainsi, vous avez lu le récit du naufrage ? dit Mme Slunn. Dans ce cas, vous connaissez à peu près toute l'histoire. J'ai raconté à la Société historique tout ce que je savais sur le sujet... c'est-à-dire tout ce que m'avait appris mon mari. Après le naufrage et un certain nombre de déplacements à travers la Californie, le vieil Angus avait fini par trouver cette vallée. Elle lui rappela le paysage entourant sa maison de famille, dans les Highlands, en Ecosse... un endroit où il y avait un petit loch et une île minuscule, celle-ci reliée à la terre par un gué de grosses pierres, exactement comme ici. L'endroit s'appelait le Loch au Fantôme, et le gué la Chaussée du Fantôme. »

Hannibal laissa échapper une exclamation.

« Si je comprends bien, le vieil Angus a construit cette maison-ci sur le modèle de celle de ses pères, en Ecosse! Voilà pourquoi elle paraît aussi étrange dans ce décor californien!

— Vous avez raison, Hannibal, dit Mme Slunn. Slunn Lodge, la maison d'Ecosse, fut bâtie en 1352. Elle s'appelait alors le manoir des Slunn car elle ressemblait assez à une tour fortifiée. Il fallait de solides murailles, à l'époque, pour se protéger... Au cours des années, continua Mme Slunn après une pause, la maison initiale fut remodelée pour finir par ressembler à cette demeure que nous habitons aujourd'hui : elle a encore vaguement l'aspect d'une place forte. Au XVIIe siècle, les femmes de notre famille surveillaient la mer du haut de la tour. Elles guettaient le retour des navires sur lesquels voyageaient leurs époux.

— Si nous en revenions à la lettre? demanda Bob timidement.

— Oui! La lettre? appuya Peter.

— Lorsque Angus eut déniché cette vallée et le petit lac qui lui rappelaient si fort son coin de terre natale, il construisit donc cette maison. Ce travail lui prit presque deux ans. Quand il eut fini, il fit venir sa femme et son fils. Hélas! lorsque tous deux arrivèrent, ce fut pour apprendre qu'il avait été assassiné et que ses meurtriers ne lui avaient pas survécu. Son épouse, Laura, trouva peu après une lettre, cachée dans une vieille bassinoire, qu'Angus lui avait laissée.

— La cachette était bonne, nota Hannibal au passage. Une bassinoire était un ustensile dont seule sa femme devait se servir!

— Son fils se fit la même réflexion, lorsque les rumeurs concernant un trésor commencèrent à se répandre, continua Mme Slunn. Il était persuadé que la lettre avait pour but de signaler le trésor en question et pensait qu'un indice devait se trouver dans le journal d'Angus. Malheureusement, il ne trouva jamais d'indice dans le journal... ni nulle part ailleurs, du reste!

— Pouvez-vous nous montrer la lettre? demanda Peter d'un ton pressant.

— Bien sûr, mes enfants. Je la garde dans ma chambre, dans un vieil album de photos.

— Elle ne se trouve donc pas mêlée aux autres affaires venant du vieil Angus? demanda Hannibal.

— Ma foi, non!»

La jeune femme quitta la pièce pour revenir peu après, un gros album à la main. Les trois Détectives rapprochèrent leurs têtes pour déchiffrer la lettre jaunie par les ans.

Ma chère Laura,

Tu seras bientôt ici. Mais, depuis quelque temps, j'ai l'impression que l'on m'épie. Dieu seul sait ce qui peut m'arriver! Aussi, je me hâte de t'écrire ce message qui, je l'espère bien, ne tombera jamais sous d'autres yeux que les tiens.

Rappelle-toi que je t'aimais tendrement et que j'avais fait le serment de te procurer une existence dorée. Rappelle-toi aussi ce que j'aimais à la maison et le secret du loch. Suis mes derniers pas et démarches, lis ce que mes jours ont construit pour toi. Vois le secret dans un miroir...

Les trois garçons échangèrent des regards intrigués puis relurent la lettre.

«A en croire l'aïeul de mon mari, reprit Mme Slunn, ces mots " existence dorée " se rapportaient au trésor laissé pour Laura. La dernière ligne le poussa à chercher tout ce qu'il pouvait apercevoir dans les miroirs de la maison. Comme finalement il ne trouvait rien du tout, il décida que les mots " lis ce que mes jours ont construit pour toi " voulaient dire qu'il fallait se reporter au journal d'Angus pour découvrir une indication relative au trésor. Hélas ! là encore il aboutit à un échec.

— Parce qu'il ne possédait pas le second journal, avança Hannibal. La lettre dit de suivre " mes derniers pas et démarches ". Autrement dit, Laura devait lire ce qu'Angus avait fait les derniers temps, pour avoir le fil conducteur menant au trésor. Or, les derniers faits et gestes d'Angus se trouvent consignés dans le second journal. Celui-ci couvre les deux derniers mois de son existence... juste avant qu'il n'écrive la lettre. Qu'a donc fait Angus au cours de ces deux mois ? »

Rory poussa un grognement et laissa retomber le second journal.

« Pas une seule allusion au trésor ! annonça-t-il. Dans ce journal, Angus raconte bien où il a été et ce qu'il a fait pour préparer une surprise à Laura, mais...

— Mais cela ne nous mène pas loin ! soupira Harvey d'un air malheureux.

— Non, avoua Hannibal. Et pourtant... Madame Slunn, qu'est-ce que le vieil Angus aimait particulièrement dans sa maison ? Et quel est le secret du Loch au Fantôme ?...

— Je n'ai aucune idée de ce qu'aimait le vieil Angus chez lui, Hannibal, avoua la mère d'Harvey. Quant au secret du loch, il s'agit d'une très ancienne légende écossaise. Le fantôme d'un

Slunn des temps très reculés apparaîtrait, par les brumeux matins d'hiver, pour surveiller la mer et guetter d'éventuels ennemis. Ce Slunn, paraît-il, aurait été tué par les Vikings au IXe siècle. La légende du fantôme a donné son nom au loch.

— Peuh! dit Rory d'un ton dédaigneux. Une histoire de fantôme à ajouter à celle d'un trésor hypothétique!

— Le trésor semble bien réel aux yeux de Java Jim, fit remarquer Peter.

— Et aussi à ceux de l'homme à la Volkswagen, ajouta Bob.

— Et tous ces cambriolages prouvent bien que certaines personnes prennent la chose au sérieux», acheva Harvey.

Rory se renferma dans un silence maussade.

«Madame Slunn? dit Hannibal au bout d'un moment. Combien de gens, à l'heure actuelle, connaissent le contenu de la lettre et du premier journal?

— Je ne saurais dire mais, avec les années, il doit y en avoir beaucoup.

— Voilà qui peut expliquer les cambriolages, dit Hannibal. Java Jim doit être au courant et pense sans doute que la lettre renvoie au journal. Or, comme il y a un intervalle de deux mois entre la fin du premier journal et le meurtre d'Angus, Java Jim en a sans doute déduit qu'un deuxième journal existait.

— Sornettes, que tout cela! murmura Rory entre ses dents.

— Je pense au contraire que cette lettre nous fournit de précieuses indications, déclara Hannibal. Ecoutez ce qu'écrit le vieil Angus : "Je me hâte de t'écrire ce message qui, je l'espère bien, ne tombera jamais sous d'autres yeux que les tiens. " Les lignes qui suivent ne sont autre chose qu'un puzzle destiné à être déchiffré par Laura. Je suis convaincu pour ma part qu'Angus a bel et bien caché un trésor quelque part. Et ce trésor, nous le trouverons en résolvant l'énigme et en nous reportant au second journal. »

Bob, Peter et le jeune Harvey firent chorus. Ils étaient tout à fait de l'avis d'Hannibal.

« Vous avez peut-être raison, soupira Mme Slunn. Mais comment peut-on espérer éclaircir le mystère alors que Laura elle-même n'y a pas réussi ? Cette lettre lui était destinée.

— Nous trouverons la clé de l'énigme, vous verrez ! déclara Bob avec aplomb.

— Nous avons déjà débrouillé des problèmes plus compliqués que celui-ci », affirma à son tour Peter avec importance.

Hannibal bomba le torse malgré lui.

« Voyez-vous, madame Slunn, nous sommes habitués aux choses de ce genre », déclara-t-il avec emphase.

Et, tirant une carte de sa poche, il la tendit à Mme Slunn. Harvey, les yeux écarquillés d'étonnement, lut par-dessus l'épaule de sa mère :

LES TROIS DETECTIVES
Enquêtes en tout genre
? ? ?
Détective en chef : HANNIBAL JONES
Détective adjoint : PETER CRENTCH
Archives et Recherches : BOB ANDY

Rory arracha presque la carte des mains de

sa cousine et y porta des yeux furieux. Puis il regarda les garçons d'un air soupçonneux. Hannibal fit semblant de ne pas le voir.

« Nous serions heureux de nous mettre à votre disposition, dit-il solennellement à Mme Slunn.

— Sûr! » renchérit Peter.

Harvey s'écria, plein d'enthousiasme :

« Accepte, maman! Je les aiderai!

— Ma foi... » Et Mme Slunn sourit. « Je ne vois pas d'inconvénient à cela, et, si le trésor existe vraiment, je trouverai à l'employer, c'est évident!

— Hurrah! » s'écrièrent en chœur Bob, Peter et Harvey.

Pour le coup, Mme Slunn se mit à rire :

« Et maintenant, si nous mangions quelque chose? Les chercheurs de trésor doivent prendre des forces. »

Rory laissa tomber la carte.

« C'est une plaisanterie, Flora!

— Je ne pense pas, Rory.

— Après tout, je me lave les mains de toute l'affaire », déclara Rory avec hargne.

Sur quoi il quitta la pièce en claquant la porte derrière lui.

Hannibal le regarda partir en fronçant les sourcils.

Chapitre 7

La ville abandonnée

Après avoir mangé avec les autres, Rory McNab s'en alla, grommelant à son habitude, pour couper quelques sapins de Noël parmi ceux qui bordaient la route. Mme Slunn et les garçons retournèrent dans la salle commune pour y examiner consciencieusement la deuxième partie du journal d'Angus.

«Je vous prie de remarquer, dit Hannibal, que ce manuscrit n'est pas exactement un journal! Le vieil Angus n'y parle pas de ses projets. Il tait ses pensées secrètes. Il ne donne aucune description de rien. Sa façon de conter est des plus concises. Il se contente d'une ligne ou deux pour signaler ce qu'il considérait sans doute comme l'essentiel. Par exemple : " Travaillé dans la cour aujourd'hui. " Plus loin, je lis : " Ai vu un aigle. " Cela ressemble assez à la tenue d'un livre de bord. Ce journal n'est qu'une suite de faits, sans la moindre explication.

— Le premier journal était en tout point semblable, déclara Bob.

— Cette énumération de menus faits, reprit Hannibal, ne nous apprend pas grand-chose. Cependant, Angus dit dans sa lettre de suivre ses faits et gestes et de “ lire ce que ses jours ont construit ”. Il faut donc s'attacher à ses démarches et à ses travaux!»

Harvey se pencha sur le journal.

«Il débute ainsi : “ Aujourd'hui, j'ai commencé à travailler à la surprise que je destine à Laura. Suis allé à Powder Gulch pour des hommes et du bois de mine. ”

— Il construisait bien quelque chose! souligna Peter.

— C'est ce qu'il disait dans sa lettre, rappela Hannibal. Qu'est-ce qui vient ensuite, Harvey?»

Le jeune rouquin tourna plusieurs pages :

«Rien d'intéressant pendant deux semaines. Seulement de brèves notes comme : “ Ai vu un aigle. ” Puis il s'est rendu dans une île.

— Madame Slunn! dit Hannibal. Avez-vous la moindre idée de ce que pouvait être la “ surprise pour Laura ” ?

— Hélas, non! soupira la maman d'Harvey. Peut-être s'agissait-il d'un meuble?

— Nous reviendrons là-dessus plus tard, décida le chef des Détectives. “ Des hommes et du bois de mine. ” Existe-t-il une mine ici, au Lac du Fantôme, Harvey?

— Pas à ma connaissance... Tu veux dire une mine d'or?

— Peut-être qu'Angus a aménagé une mine secrète? suggéra Peter.

— Possible! admit Hannibal. Mais j'ai une vague intuition que ce n'est pas ici que nous trouverons la réponse. Angus dit de suivre ses activités et il semble qu'il se déplaçait pas mal. Nous dénicherons peut-être des indices ailleurs. Si nous allions à Powder Gulch? Qu'en pensez-vous?

— Est-ce loin d'ici? s'enquit Peter.

— Pas tellement, répondit Harvey. Disons huit kilomètres environ, en remontant la grand-route.

— Je m'étonne que tu ne connaisses pas l'endroit, Peter! dit Hannibal. C'est un patelin célèbre dans l'histoire locale. J'ai lu pas mal de choses dessus. Il paraît... »

Bob l'interrompit en s'écriant :

« Mais bien sûr! La vieille ville fantôme!

— Une ville... fantôme? répéta Peter, stupéfait. Hum! Est-il bien nécessaire d'y aller?

— Certainement! affirma Hannibal en se levant. Et le plus tôt sera le mieux. Autrement dit, tout de suite. »

... Après avoir pédalé à bonne allure, les quatre garçons finirent par arriver en vue d'un écriteau délabré. Les mots « Powder Gulch » s'y lisaient difficilement. Une flèche indiquait un étroit chemin de terre. Dix minutes plus tard, les Détectives et Harvey découvraient la « ville fantôme » au-dessous d'eux.

« On l'appelle ainsi parce qu'elle est abandonnée depuis belle lurette! » expliqua Hannibal.

Ils mirent pied à terre pour mieux voir. De vieilles cahutes étaient disséminées autour d'une crique asséchée. Des bâtiments en ruine, aux hautes façades, s'élevaient des deux côtés de l'unique rue. Sur l'un des plus grands se lisait le mot « Saloon ». Un autre portait le nom d' « Alimentation générale-Bazar ». Un troisième était marqué « Prison ». Il y avait encore une forge et une écurie de louage. A l'autre bout de la rue, à flanc de montagne, s'ouvrait l'entrée obscure de la mine d'or qui, autrefois, justifiait l'existence même de la ville.

« Les habitants de Powder Gulch ont déserté le coin en 1890, quand la mine a été épuisée, expliqua encore Hannibal. La crique était alors aménagée en réservoir. »

Peter se mit à bougonner.

« Qu'espères-tu trouver ici, Babal ? Voilà cent ans que ce patelin est vide !

— Sans doute, mais une chose est certaine : Angus voulait que Laura vienne faire un tour par ici. Peut-être existait-il un journal à l'époque. Si nous trouvions l'endroit où on l'imprimait...

— Peut-être les archives n'ont-elles pas été toutes détruites, avança Bob, plein d'espoir.

— Je crois que vous vous bercez de grandes illusions, dit Peter.

— Allons toujours voir ! » proposa Hannibal.

Les quatre amis renfourchèrent leurs vélos, roulèrent jusqu'à la ville déserte et s'arrêtèrent, stupéfaits. Une grille fermée à clé se dressait devant eux. Powder Gulch était entièrement défendue par un solide grillage.

« Ça alors ! s'exclama Harvey. On ne peut pas entrer. Avez-vous remarqué ? Les mots peints sur les différents bâtiments, en lettres gigantesques, ont un drôle d'aspect. Ils ont été tracés tout récemment, c'est évident ! Dites donc, croyez-vous que quelqu'un habite ici ?

— Je... je n'en sais rien », avoua Hannibal, pensif.

Les garçons attendirent un moment, l'oreille

tendue, cherchant à percevoir les bruits qui pouvaient venir de la ville. Mais Powder Gulch resta obstinément silencieux.

«Je pense qu'il va nous falloir escalader cette barrière, mes amis!» dit enfin Hannibal.

Lâchant leurs bicyclettes, tous quatre escaladèrent sans hésiter. En un clin d'œil ils se retrouvèrent de l'autre côté, considérant la rue poussiéreuse.

«Peter! Et toi, Bob! décida Hannibal. Vous allez pousser une reconnaissance dans les bâtiments de gauche. Harvey et moi, nous nous chargerons d'inspecter la prison et l'écurie de louage, qui se trouvent à droite. Ensuite, nous irons à la mine. Voyez si vous pouvez dénicher quelque chose qui se rapporte à Angus Slunn!»

Bob et Peter acquiescèrent en silence et pénétrèrent sans tarder dans le grand bazar. A peine le seuil franchi, ils s'immobilisèrent, ahuris... Le magasin était exactement tel qu'il avait dû être cent ans plus tôt. Les rayons étaient bourrés de marchandises. Des barils de fruits secs et de farine s'entassaient sur le plancher, à côté des caisses de vaisselle et de piles de harnais de cuir. Des armes à feu démodées étaient accrochées aux murs, aussi brillantes que si elles avaient été neuves. Il n'y avait pas un grain de poussière sur le long comptoir.

«Ce... ce n'est pas possible! bégaya Bob à mi-voix. Il y a quelqu'un ici!

— Dans ce cas, fit remarquer Peter, manifestement peu rassuré, cette personne vit encore au passé! Toutes les choses qui se trouvent dans ce magasin semblent avoir au moins un siècle. C'est une boutique bonne... bonne pour les fantômes, acheva-t-il en frissonnant.

— Tu as raison, admit Bob en regardant autour de lui. Ce magasin est d'un autre âge. Comme si... comme si la ville était toujours habitée... Oh!... Peter!... Regarde! Sur le comptoir... Un vieux registre!»

Les deux garçons s'approchèrent du comptoir sur la pointe des pieds. Le registre était ouvert. On y voyait, face à une liste de noms, les marchandises achetées par chaque client. Ce fut avec des mains tremblantes que Bob se mit à tourner les pages du livre. Il arriva ainsi à la date du 20 octobre 1872. Peter lut par-dessus son épaule :

« Angus Slunn — Lac du Fantôme : trois cents planches de bois de mine avec leurs étais, deux barils de farine, un baril de bœuf salé, quatre sacs de haricots secs. »

Peter siffla entre ses dents :

« Nom d'un pétard! Il y a là de quoi nourrir une armée!

— Ces provisions, suggéra Bob, devaient être destinées aux hommes dont il avait loué les services... ceux dont il parle dans son journal. Ils devaient être nombreux... Dis donc, Peter, il me semble qu'il n'y a plus rien à voir ici?

— Je suis de ton avis. Filons!»

Une fois sortis du magasin, les deux amis respirèrent. L'atmosphère qui régnait à l'intérieur les impressionnait et ils n'étaient pas fâchés de poursuivre ailleurs leurs investigations. Le « saloon » était juste à côté.

« Dans ces anciennes villes de mineurs, rappela Bob, le saloon était un lieu où les hommes se réunissaient volontiers pour boire, discuter, se délasser, rencontrer des gens et, à l'occasion, déposer un message. Angus s'est certainement arrêté plus d'une fois dans celui-ci pour vider un verre.»

Le saloon était une salle spacieuse et sombre avec, tout au fond, une porte conduisant aux chambres à coucher. Un piano droit, décoré à outrance, se dressait dans un coin, à gauche, propre et brillant. Derrière le long comptoir du bar, soigneusement poli, on apercevait des étagères garnies de rangées de bouteilles. Une grande table ronde était encombrée de verres à demi pleins et jonchée de cartes, comme si les joueurs les avaient abandonnées là, brusquement, pour quelque raison inconnue.

«C'est... c'est comme dans le magasin, souffla Peter effaré. On dirait que des mineurs étaient là il y a un instant et viennent tout juste de sortir. Je crois...»

Peter n'alla pas plus loin. Un fort bruit de voix venait soudain d'emplir le vieux saloon! Le piano se mit à jouer un air endiablé, rengaine d'un passé mort... mais personne n'était assis devant le clavier! Verres et bouteilles tintèrent à la ronde. Peter et Bob avaient l'impression ahurissante qu'autour d'eux des gens parlaient et buvaient. Un craquement se fit entendre du côté de la table où s'était tenue la partie de poker inachevée... Une forme indistincte se dressa derrière eux.

«Ne bougez plus, mes gaillards!» ordonna une voix caverneuse et menaçante.

L'apparition tenait un pistolet dans chacune de ses mains.

«Un fantôme! hurla Peter. Sauve qui peut, Bob!»

Coude à coude, les deux garçons se précipitèrent dans la rue. La foule invisible continuait à rugir derrière eux cependant que le piano jouait toujours. Une fois dehors, Bob et Peter prirent leurs jambes à leur cou et, sans même s'être concertés, se dirigèrent vers la mine.

Le long tunnel de la mine était éclairé ! Ils se ruèrent à l'intérieur, descendant à belle allure la pente qui s'enfonçait sous terre. Soudain, ils aperçurent Hannibal et Harvey devant eux.

« Babal, commença Peter. On a été attaqués par un fantôme ! »

Il s'interrompit net... Hannibal et Harvey étaient eux-mêmes pâles et tremblants. Ils regardaient vers le fond de la mine. Bob et Peter devinrent alors conscients d'un tas de bruits que leur état d'affolement ne leur avait pas permis d'entendre plus tôt : bruit d'eau qui coulait, cliquetis métallique d'une machine, et aussi un rire sauvage, presque dément. Tout à coup, un coup de feu retentit. Les garçons eurent l'impression d'être frôlés par une balle. Le bruit se répercuta dans le tunnel.

« Qu'est... qu'est-qu'est ? Qu'est-ce que c'est ? » bégaya Peter.

Hannibal fit un effort évident pour avaler sa salive.

« Je... je ne sais pas, répondit-il. Nous... nous sommes entrés ici et... il nous a tiré dessus. Il... »

C'est alors que Peter et Bob aperçurent celui dont parlait Hannibal...

Quelques mètres plus loin, dans le tunnel, l'homme pointait un vieux fusil dans leur direction. C'était un vieux mineur à barbe grise, vêtu d'une chemise de lainage rouge, de culottes de peau, et chaussé de bottes de cuir.

Sa voix retentit, formidable :

« Je vais vous apprendre à entrer ici sans permission, moi ! »

Puis son rire — épais et déplaisant — s'éleva. L'homme releva légèrement le canon de son arme. Son doigt appuya sur la détente !

Chapitre 8

Un fantôme à la rescousse

Le coup partit. Puis un autre. Mais aucun des garçons ne fut touché.

Le visage gris de peur, Peter s'était figé sur place et fermait les yeux de toutes ses forces.

« Est-ce que... il m'a blessé ? » demanda-t-il dans un gémissement.

Comme personne ne lui répondait, il se décida à soulever les paupières et regarda ses camarades. Ils étaient tous très pâles.

« Il nous a manqués ! s'écria Bob.

— Il... il s'amuse juste à nous effrayer, suggéra Harvey plein d'espoir.

— Mais pourquoi ? » demanda Peter.

L'apparition barbue éclata de nouveau de son rire sauvage, épaula son vieux fusil et lança de sa voix menaçante :

« Je vais vous apprendre à entrer ici sans permission, moi ! »

Et là-dessus il tira de nouveau.

Deux coups retentirent une fois de plus sans toucher personne.

« Raté encore ! » s'écria Harvey.

Courageusement, il fit un pas en avant.

« Que voulez-vous ?... commença-t-il.

— Attends un peu, Harvey ! ordonna brusquement Hannibal. Regardez bien tous, sans bouger. »

Les autres obéirent. Leurs yeux surveillaient le vieux mineur. Les bruits d'eau et de machines éveillaient toujours des échos dans la mine. Au bout d'une longue minute, on entendit un léger déclic, un faible ronronnement, puis le vieux mineur éclata une fois de plus de son rire sauvage :

« Je vais vous apprendre à entrer ici sans permission, moi ! » lança-t-il en levant son arme.

Les deux coups de feu se succédèrent, toujours sans résultat visible. Hannibal se détendit et éclata de rire :

« C'est un automate ! s'écria-t-il. Rien qu'un vulgaire automate, mes amis ! Et une bande sonore ! Les différents bruits et la voix sont des enregistrements. »

Bob poussa un cri et se frappa la tête d'un poing féroce :

« Quel imbécile je suis ! s'exclama-t-il. Je m'en souviens maintenant. J'ai lu ça dans un journal... un petit entrefilet auquel je n'ai pas fait attention sur le moment... On parlait de restaurer Powder Gulch et de le transformer en centre d'attraction pour touristes. Promenades à cheval, rodéos, évocations de l'ancien temps, et tout le reste. Voilà donc pourquoi la ville est entourée d'une clôture !

— Bien sûr, soupira Hannibal. J'ai lu l'entrefilet moi aussi. Mais comme cela remonte à pas mal de temps, je l'avais oublié, comme toi!»

Peter s'approcha du vieux mineur et lui toucha la joue.

«Son visage est en plastique, annonça-t-il. Ce gars-là semble terriblement naturel. Je me doute que le fantôme qui nous a tant effrayés dans le saloon était un automate du même genre. Lui aussi était plus vrai que nature!

— On n'arrête pas le progrès, murmura Hannibal en souriant. Mais revenons-en à ce qui nous intéresse. L'un d'entre vous a-t-il déniché un indice pouvant nous renseigner sur Angus Slunn?»

Bob parla alors du registre découvert dans le magasin général et de la nourriture qu'Angus avait achetée pour un nombre apparemment important d'ouvriers.

«Même si les hommes qu'il a embauchés n'étaient pas nombreux, calcula Hannibal, la grosse quantité des vivres prouve que la besogne à laquelle ils s'attelaient devait durer longtemps. Et la quantité de bois commandé indique aussi que la surprise construite pour Laura était d'envergure. Ce que nous ignorons encore, c'est la nature de cette construction et l'endroit où elle se trouve...» Il tira de sa poche le mince journal d'Angus et se mordilla la lèvre... «Je crains qu'il n'y ait pas grand-chose là-dedans pour nous aider.

— Nous pourrions peut-être retourner au saloon et voir si nous ne découvrons pas autre chose, conseilla Peter.

— D'accord! approuva Hannibal. Allons-y tout de suite. Après, nous ferons un tour à la prison... Puis nous nous mettrons en quête de l'imprimerie.»

Les quatre garçons sortirent de la vieille mine. Au passage, Peter et Bob notèrent certains détails qui leur avaient échappé à l'aller : wagons de mine restaurés, vieux outils dérouillés, et un autre automate, un mineur à barbe noire tenant un pic dans ses mains.

Peter eut un large sourire :

« Nom d'un pétard ! Ces automates sont rudement bien faits. Celui-ci, avec son pic, ressemble à... »

Mais voici que le mineur à barbe noire lâchait son pic, bondissait sur Hannibal, lui arrachait des mains le journal d'Angus et s'enfuyait à toutes jambes !

« Java Jim ! » s'écria Bob, stupéfait.

Les quatre garçons demeurèrent un instant paralysés par la surprise. Hannibal se ressaisit le premier.

« Il m'a volé le journal ! Rattrapons-le ! »

Tous se lancèrent à la poursuite du gredin, le long de la rue ensoleillée.

« Il nous échappe ! » cria Harvey, désolé.

Le marin barbu descendait la rue à toute allure, distançant ses poursuivants.

« Au voleur ! Au voleur ! lança Peter à pleins poumons.

— Arrêtez ! Arrêtez ! » hurla Harvey.

Entendant les vains appels des garçons, Java Jim se retourna en riant... Il passait alors devant le saloon. Et voilà qu'une haute silhouette en sortait au même instant... un homme vêtu de noir, qui tenait un gros pistolet dans chaque main.

« Notre fantôme ! » souffla Peter, stupéfait.

Java Jim aperçut à son tour la silhouette menaçante qui se découpait dans l'encadrement de la porte. Laissant échapper un cri, le marin fit un bond de côté... et trébucha contre un abreuvoir à chevaux. Il s'étala de tout son long. Sa main lâcha le journal d'Angus. Java Jim se remit debout, puis perdit à nouveau l'équilibre.

« C'est un voleur! hurla Peter. Empoignez-le! »

Le « fantôme » jeta un coup d'œil en direction des garçons puis descendit les quelques marches de bois de la galerie qui bordait le saloon et se dirigea droit vers Java Jim. Ses pistolets brillaient au soleil. Java Jim ne l'attendit pas. D'un bond désespéré, il reprit sa course, atteignit la clôture, l'escalada avec une agilité extraordinaire et disparut dans les épais buissons qui entouraient la crique.

Les garçons, cependant, étaient arrivés à la hauteur du « fantôme ». Ici, en pleine lumière, il apparaissait seulement comme un homme vêtu à la mode western. Hannibal se hâta de ramasser le journal abandonné par Java Jim.

« Que faites-vous ici, jeunes gens? dit le « fantôme ». Vous ne devriez pas vous y trouver. Voyons, racontez-moi ce qui se passe et rendez-moi ce cahier s'il appartient à cette ville.

— Il est à nous, monsieur, répondit poliment Hannibal. Nous sommes désolés d'avoir escaladé la barrière mais nous croyions l'endroit désert et nous désirions mener une petite enquête. »

Il expliqua alors que ses compagnons et lui cherchaient à savoir ce que faisait Angus Slunn à Powder Gulch. Il acheva son récit en déclarant :

« Vous pouvez vous vanter de nous avoir fait une belle peur avec vos effets spéciaux! »

Le « fantôme » se mit à rire.

« J'ai décidé de les essayer sur vous. Je suis le gérant, vous comprenez ? » Il se gratta le front. « Angus Slunn ? avez-vous dit ? Eh bien, je vais peut-être pouvoir vous aider. Nous allons consulter les archives qui se trouvent dans mon bureau. Si votre Angus Slunn a fait quelque chose ici, je le trouverai ! »

A la suite de leur guide, les garçons traversèrent le saloon et pénétrèrent dans un petit bureau. Le gérant entreprit de consulter les fiches d'un classeur.

« Tous les noms trouvés dans les archives ont été répertoriés et consignés ici, jeunes gens. Cela fait partie du plan de restauration de la ville. Voyons ce que nous trouvons à Slunn. »

Il prit un carton, le lut et hocha la tête.

« Pas grand-chose ! Seulement deux renseignements. Le premier concerne l'achat dont vous avez déjà trouvé mention dans le livre de comptes. L'autre est relatif à une annonce de deux lignes, parue dans le journal de Powder Gulch en 1872, dans laquelle Angus Slunn proposait un emploi temporaire à des mineurs. C'est tout.

— Nous aboutissons à une impasse ! soupira Peter. Nous... »

Il fut interrompu par une voix qui rugissait au-dehors :

« Ohé, les garçons !... Harvey Slunn !... Où êtes-vous ?

— C'est Rory ! » dit Harvey.

Tous se hâtèrent de sortir. Rory McNab était debout dans la rue, accompagné de l'homme avec lequel Bob avait bavardé à la Société historique : le professeur Shay en personne ! Le petit savant au visage rond alla au-devant des garçons.

« Oh, là, là ! gémit-il comiquement. Vous nous avez fait peur ! Je me suis heurté à M. McNab juste devant la grille. Il m'a dit que vous étiez sans doute ici et puis, nous avons trouvé vos bicyclettes. Nous redoutions qu'il vous soit arrivé quelque chose...

— Vous êtes entrés ici sans autorisation ! s'écria Rory, indigné. Je savais bien que vous alliez vous attirer des ennuis. C'est pour ça que je suis parti à votre recherche... pour voir si vous ne vous étiez pas fourrés dans un vilain pétrin.

— Ne vous faites pas de souci, monsieur McNab, dit aimablement le gérant. Ces garçons n'ont rien fait de mal. Et vous, professeur, vous serez peut-être intéressé d'apprendre que j'ai essayé sur eux nos effets spéciaux... Le professeur Shay, voyez-vous, garçons, est notre conseiller historique. La Société nous aide pour notre restauration.

— Bon, bon ! marmonna le petit professeur. Je vous verrai plus tard. »

Ses yeux brillaient derrière les verres de ses lunettes. Il adressa un signe de la main au gérant déconfit et entraîna les garçons un peu plus loin.

« Qu'est-ce que c'est que cette histoire de second journal ? demanda-t-il avec animation. Vous en avez vraiment trouvé un ? Et vous pensez vraiment que le trésor peut exister ? Quelle découverte ! Historique ! Vite ! Racontez-moi... »

Hannibal fit le récit de sa découverte et parla de l'intérêt que Java Jim semblait lui porter. Le visage rond du professeur Shay vira au pourpre.

« Quoi ! s'exclama-t-il. Ce... cet individu ! Java Jim ? Il essaie de voler le trésor de Slunn ? Il veut en disposer pour son seul profit... le morceler... qui sait, peut-être fondre l'or ? Monstrueux ! Mais, historiquement parlant, ce trésor n'a pas de prix. Vous rendez-vous compte ! Un trésor de pirate retrouvé intact ! Il ferait la gloire et la renommée de notre Société et de son musée. Mais... dites-moi... avez-vous découvert quelque indice ici ?

— Eh bien, commença lentement Hannibal, nous avons appris que, quelle que fût la " construction " constituant la surprise destinée à Laura, c'était une chose importante.

— Oui, peut-être... mais ce n'est pas ici qu'elle se trouve ! murmura le professeur. Sans doute au Lac du Fantôme ! N'oubliez pas que je suis expert en la matière. Je peux très bien voir des choses qui vous échappent, jeunes gens ! Portez vos bicyclettes jusqu'à ma voiture et nous irons tous au lac. Ce serait un crime d'abandonner ce trésor à Java Jim ! »

Rory ricana d'un air méprisant.

« Vous n'allez pas me dire, professeur, que vous croyez à toutes ces sottises ?

— Je crois, McNab, que ces enfants pourraient bien avoir vu juste ! Allons ! Donnez-moi vos vélos, vous autres ! »

La barrière était ouverte à présent. Les garçons hissèrent leurs bicyclettes à l'arrière de la fourgonnette du professeur Shay. Rory partit dans sa propre voiture. Hannibal lui jeta un regard étrange...

Chapitre 9

La lueur mystérieuse

Le professeur Shay et les garçons consacrèrent le reste de l'après-midi à passer au crible la petite vallée et le pied des collines environnantes. Ils fouillèrent également avec soin le lac et son île minuscule. Enfin, les jeunes détectives, trottant à la suite du professeur tout frémissant, firent à trois reprises le tour de la maison, en quête d'un indice quelconque. Hélas! Ils ne trouvèrent rien!

Au moment où le soleil déclinait à l'horizon, ils se réunirent sur la terrasse de la grande maison. Mme Slunn regardait les garçons et le professeur avec sympathie. Rory, lui, fumait sa pipe d'un air narquois.

« Rien! déclara le professeur Shay avec un geste désolé. Angus Slunn n'a rien construit, sinon cette demeure! Et elle a été fouillée de fond en comble depuis belle lurette. Nulle part nous n'avons aperçu la moindre trace de bois de mine. »

Rory se mit à rire.

« Vous êtes tous piqués! Si le vieil Angus a

bâti quelque chose en bois de mine, tout doit avoir disparu, depuis le temps. Et si le trésor a jamais existé, ce dont je doute, ce n'est pas maintenant que vous le trouverez.

— Bien sûr que si! s'écria Bob.

— Mais oui, bien sûr, répéta Mme Slunn en regardant Rory avec sévérité. Même si le trésor n'est pas un vrai trésor, vous dénicherez certainement quelque chose.

— Nom d'un chien! maman, dit Harvey. Tu parles comme si tu n'y croyais pas réellement toi-même.»

Hannibal avait mis la discussion à profit pour relire tranquillement la lettre d'Angus Slunn.

«Si nous en savions seulement un petit peu plus long, soupira-t-il. Ce message contient une clé... mais il y a si longtemps qu'il a été rédigé... Qu'est-ce que le vieil Angus pouvait bien aimer chez lui?»

La maman de Harvey secoua la tête.

«Pendant que vous étiez à Powder Gulch, expliqua-t-elle, j'ai pris la peine de relire la plupart des lettres de Laura. Elle parle beaucoup de l'amour que son mari portait au coin de terre des Slunn, en Ecosse, et de la jolie vue que l'on avait là-bas du loch. Un point, c'est tout. Et cela ne nous avance guère, Hannibal!

— Je crains que notre quête soit sans espoir! murmura le professeur Shay.

— Je reconnais que nous nous sommes attaqués à un problème difficile! soupira Hannibal.

— Comment! s'écria Harvey, très agité. J'espère que tu ne vas pas renoncer, Hannibal?

— Hou! s'exclama Peter. Tu ne connais pas Hannibal. Il ne fait que commencer l'enquête.

— En tout cas, mes amis, dit gentiment

Mme Slunn, je ne vous en voudrais certes pas si vous abandonniez la partie!

— Je n'y pense même pas, affirma Hannibal. Le vieil Angus n'a pas dit où nous devions chercher un indice, ce qui nous oblige à donner pas mal de coups de bâton dans l'eau. Comme vient de le déclarer Peter, nous ne faisons que commencer l'enquête. Nous avons déjà obtenu quelques détails sur les activités d'Angus. Poursuivons donc... Voyons ce qui vient ensuite dans son journal... »

Il ouvrit le manuscrit.

« Nous voici arrivés au 11 novembre 1872. Je lis : " Aujourd'hui, ai hissé ma voile pour me rendre à l'île aux cyprès. J'ai failli sombrer, tellement mon bateau était chargé. Le propriétaire de l'île a acquiescé à ma demande. Je suis rentré chez moi vers midi, pleinement satisfait. Mon cadeau à Laura est en bonne voie. "... La semaine qui suit ne signale que la routine quotidienne. Angus ne semble pas avoir bougé de chez lui!

— Hannibal! s'écria Peter. As-tu remarqué? Il dit que son bateau était chargé.

— Oui. La réponse pourrait bien se trouver dans l'île!

— Mais, cette île... objecta Harvey... où se trouve-t-elle? Je n'ai jamais entendu parler d'aucune île plantée de cyprès dans le voisinage.

— Moi non plus, avoua Hannibal. Et toi, Peter? »

Peter était le « navigateur » du trio et connaissait bien les eaux locales. Il relut le passage relatif à l'île, dans le journal d'Angus, et hocha la tête :

« A mon avis, déclara-t-il, " l'île aux cyprès "

ne s'appelle plus ainsi. A l'époque, il est même possible qu'elle n'ait pas porté de nom du tout. Dans ce cas, ce ne serait pas une grosse île — car les îles importantes ont toutes été baptisées —, mais une petite, à peu de distance de la côte. De toute manière, elle n'est pas éloignée. Autrement, Angus n'aurait pas pu faire l'aller et retour en une demi-journée. Elle devait être la propriété d'une seule famille et sans doute possédait-elle beaucoup de cyprès. Je vais me renseigner.

— Dès ce soir! précisa Hannibal avec autorité. Nous irons là-bas demain.

— Et je vous accompagnerai, lança le professeur Shay avec enthousiasme. J'ai un voilier. Nous pourrons le prendre... si cette île n'est pas trop loin de Rocky, évidemment!»

Rory se leva en haussant les épaules :

«Des fantômes! Des revenants! Des îles sans nom! Un homme mort depuis un siècle! Je vous le répète : vous êtes tous piqués!»

Et, là-dessus, l'Ecossais quitta la terrasse, suivi par le regard indulgent de Mme Slunn.

«Pardonnez les manières un peu frustes de Rory, dit-elle en souriant. Il a un caractère de chien et les pieds beaucoup trop sur terre pour croire à ces histoires. Mais au fond, c'est un excellent homme. Après la mort de mon mari, nous avons connu des moments très difficiles, Harvey et moi. Depuis un an que Rory est ici, notre vie est beaucoup moins dure. S'il est aussi grincheux aujourd'hui, c'est qu'il doit être fatigué de son voyage.

— Son voyage? répéta Hannibal brusquement. Il ne se trouvait donc pas ici ces derniers temps?

— Non, mon garçon. Il s'est rendu à Santa Barbara où il est resté trois jours pour vendre nos avocats. Il en est revenu seulement hier soir. »

Une ombre obscurcit le front d'Hannibal.

« Qui est Rory, au juste, madame ? demanda-t-il poliment. Vous dites qu'il n'est auprès de vous que depuis un an ?

— Oui. Il vient d'Ecosse. C'est un lointain cousin de mon mari. Il comptait seulement me rendre une petite visite. Et puis... il est resté ! Uniquement pour me donner un coup de main. C'est un homme fier... et obstiné aussi ! Il ne veut rien accepter en échange de son travail sinon le vivre et le couvert... sous prétexte qu'il fait partie de la famille. »

Hannibal se leva à son tour et fit signe à ses camarades.

« Bob ! Peter ! Il est tard !... Nous allons être obligés de vous quitter, madame.

— Je vais vous reconduire en voiture », proposa le professeur Shay.

Les bicyclettes des jeunes détectives étaient déjà dans la fourgonnette. Bientôt, celle-ci roulait sur la grand-route, en direction de Rocky.

« Professeur ! dit soudain Hannibal. Il y a quelque chose qui m'intrigue. Comment, à votre avis, Java Jim peut-il être aussi bien renseigné sur les Slunn et la lettre d'Angus ?

— Je me suis également posé la question, mon garçon. Les rumeurs concernant le trésor ne sont pas un secret pour les gens du pays. Il est vrai que Java Jim ne semble pas être du coin ! Mais peut-être est-il le descendant d'un autre survivant de l'*Argyll Queen*... du capitaine même, qui sait ?

— Nom d'un pétard! s'exclama Bob. Voilà qui expliquerait tout, Babal!

— Ouais», fit Hannibal, pensif.

Le professeur Shay déposa les trois amis au *Paradis de la Brocante* une demi-heure avant l'heure du dîner. Les détectives gagnèrent leur quartier général en se faufilant par le tunnel numéro deux.

« Babal, dit soudain Peter. Comment pouvons-nous être sûrs que le vieil Angus n'ait pas construit une mine au Lac du Fantôme... une mine cachée? Secrète?

— Nous ne pouvons pas en être sûrs, évidemment, répondit Hannibal. Il nous faudrait un indice très précis pour la trouver, si elle existe. Mais je me demande ce que la légende du fantôme d'Ecosse a à voir avec une mine? Ou avec un miroir?»

Bob réfléchit, puis :

« Mme Slunn nous a expliqué que le fantôme était censé guetter un éventuel débarquement de Vikings, là-bas, au bord du loch écossais. Peut-être est-ce cela que voulait dire le vieil Angus? Le fantôme regarde le loch, ou plutôt le lac... Je parie que le trésor est caché quelque part dans cette mare!

— Très possible, mon vieux, admit Hannibal. Mais je te répète ce que je te disais tout à l'heure : il nous faut un indice pour repérer l'endroit... Dites donc, mes amis! Avez-vous entendu ce que Mme Slunn m'a raconté au sujet de Rory?

— Sûr! dit Peter. Il l'aide beaucoup. C'est un bourreau de travail.

— Et il a un sale caractère. compléta Bob. Mais cela, nous le savions déjà.

— Elle nous a également dit, continua Hannibal, qu'il a passé trois jours en voyage. Et il n'est rentré qu'hier soir. Cela signifie qu'il aurait fort bien pu se trouver à Rocky hier, lorsque Java Jim nous a attaqués... et aussi au musée... et même à San Francisco le jour d'avant!

— Tu penses qu'il est complice de Java Jim? demanda Bob. Tu crois qu'il est de mèche avec lui pour s'approprier le trésor?... Il est évident que le gaillard est bien placé pour connaître le contenu de la lettre d'Angus et même les affaires que Mme Slunn a vendues!

— Je ne te le fais pas dire, murmura Hannibal d'un air sombre... Peter! Je voudrais que tu te dépêches de trouver l'emplacement de l'île aux cyprès. N'oublie pas que nous devons nous y rendre demain matin, avec le bateau du professeur Shay.»

Après le dîner, Hannibal aida l'oncle Titus et la tante Mathilda à décorer l'arbre de Noël. A dix heures le téléphone sonna.

C'était Peter, tout guilleret :

«Ça y est, Babal! J'ai dégoté l'île. L'île Cabrillo! La famille Cabrillo en était propriétaire en 1872. Elle est couverte de cyprès et se situe à moins de cinq kilomètres de notre petit port, vers le nord.

— Bravo, mon vieux! Bon travail!»

Hannibal raccrocha et monta dans sa chambre. Mais, avant d'allumer le plafonnier, il s'approcha de la fenêtre pour regarder les illuminations de Noël dont se parait la ville... La plupart des maisons voisines du *Paradis de la Brocante* brillaient comme des lustres.

Le jeune garçon allait se détourner quand

un rapide éclair attira son attention. Il regarda dans sa direction. Un autre éclair jaillit. Puis un troisième. Hannibal était intrigué. A l'endroit précis d'où partaient ces éclairs il n'y avait pas de maison. Comme les lumières fugitives reprenaient, Hannibal comprit brusquement! Ces éclairs venaient de la cour du bric-à-brac... et d'un point précis : du quartier général des trois Détectives!

Quelqu'un, en ce moment même, se trouvait à l'intérieur de la caravane sacro-sainte!

Le sang d'Hannibal ne fit qu'un tour. Le jeune garçon dégringola l'escalier quatre à quatre, traversa la rue comme une flèche et se rua vers le *Paradis*. Le portail d'entrée était fermé à clé. Personne ne l'avait forcé! Hannibal courut jusqu'à une entrée secrète, qui se trouvait au niveau de son atelier. Il s'agissait simplement de deux planches pivotantes dans la barrière verte.

Quand Hannibal arriva à son atelier, les éclairs cessèrent brusquement. Il ne vit personne à proximité du tunnel numéro deux... Contournant alors avec précaution des piles d'objets de rebut, il atteignit «l'entrée facile» numéro trois. Là, il reçut un choc. La vieille porte de bois était grande ouverte et, au-delà, celle de la caravane entrebâillée!

Hannibal se précipita. A l'intérieur de la caravane, la première chose qu'il vit fut le journal d'Angus Slunn, sur le bureau où il l'avait laissé. Mais, au lieu d'être fermé, le manuscrit était ouvert, à la dernière page.

Le chef des Détectives comprit alors d'où provenaient les éclairs qu'il avait aperçus. C'étaient des flashes d'appareil photographique! Quelqu'un s'était introduit par effraction dans le Q.G. et avait photographié le journal!

Hannibal referma les deux portes et rentra chez lui. Si l'on avait photographié le journal d'Angus au lieu de le voler, c'était pour ne pas donner l'alarme aux Détectives et précipiter leur enquête. En cela, le photographe anonyme avait échoué : l'arrivée inopinée d'Hannibal ne lui avait pas laissé le temps de remettre les choses en ordre.

N'empêche qu'il avait atteint son but principal... Maintenant, le mystérieux visiteur était au courant des moindres faits et gestes d'Angus au cours des deux derniers mois de son existence.

Hannibal se coucha tout pensif.

Chapitre 10

Le fantôme

La brume noyait Rocky lorsque, le lendemain matin, Peter, Bob et Hannibal prirent, à bicyclette, le chemin du port. Harvey était déjà là, à les attendre près du bateau du professeur Shay. Le jeune garçon frissonnait de froid mais il eut un joyeux sourire à la vue des trois Détectives.

« Vous savez, dit-il vivement, cette nuit, à force de réfléchir, je suis arrivé à la conclusion que le chargement du vieil Angus pouvait bien être le trésor ! Vous verrez que nous allons le trouver aujourd'hui.

— Tu as raison d'être optimiste, Harvey, commença Hannibal. Cependant... »

Il fut interrompu par l'arrivée en catastrophe de la fourgonnette du professeur Shay. Ce dernier, le visage plus rose et poupin que jamais, sauta à terre et courut vers les quatre amis.

« Navré d'être en retard, jeunes gens, mais nous avons eu des ennuis ce matin à la Société historique. Quelqu'un s'est introduit par effraction dans le bâtiment et a tenté de voler la fiche de l'*Argyll Queen*. Un homme à la barbe noire.

— Java Jim!» s'écrièrent en chœur Bob et Peter.

Le professeur hocha la tête :

« Il semble bien en effet que ce soit lui.

— Mais pourquoi ? demanda Harvey. Tout le monde est au courant de l'histoire du bateau naufragé.

— Mais peut-être un détail a-t-il échappé à tout le monde », dit Hannibal.

Là-dessus, le chef des Détectives expliqua au professeur et à Harvey qu'un inconnu avait photographié le second journal d'Angus la veille au soir.

« Nom d'un chien! s'écria le petit professeur tout ému. Dans ce cas, Java Jim est aussi bien renseigné que nous à présent. Peut-être même nous a-t-il devancés sur cette île... Mais regardez-moi cette brume. Je me demande s'il est bien prudent de prendre la mer par un temps pareil!

— Il n'y a aucun danger, affirma Peter. La visibilité reste assez bonne malgré tout. La brume n'est épaisse qu'au large. Or, l'île n'est pas loin d'ici et votre voilier semble solide.

— Eh bien, partons vite, mes enfants!»

Tous s'entassèrent dans le bateau. Le professeur Shay lança le moteur auxiliaire. Peter s'installa à la barre et mit le cap au nord. Le professeur et les trois autres garçons se réfugièrent dans la cabine pour échapper au froid qui devenait plus vif d'instant en instant. Ils pensaient à l'île Cabrillo. Peter leur avait expliqué que, jusqu'en 1890, elle n'avait pas eu de nom. Puis, peu à peu, on lui avait donné celui de ses propriétaires. Plus tard encore, la famille qui l'habitait étant partie, elle était redevenue une île anonyme à l'abandon. Elle n'intéressait plus personne.

Comme il y avait peu de vent, Peter continua à naviguer avec le moteur auxiliaire. Bientôt, ses compagnons l'entendirent crier :

« Ohé ! Nous arrivons ! »

L'île, petite mais haute sur l'eau, venait d'émerger de la brume. Au fur et à mesure qu'on s'en approchait, on apercevait les cyprès qui la couvraient et aussi une haute cheminée de pierre qui apparaissait au premier plan entre deux petites collines. L'endroit, désertique, avait quelque chose de spectral. La brume renforçait encore cette impression.

Peter manœuvra habilement : il fit entrer le bateau dans une petite crique abritée et l'attacha à un gros poteau en bois à demi pourri. Tous descendirent et regardèrent autour d'eux. Les cyprès, qui semblaient très vieux, avaient été tordus par le vent du large et prenaient des formes grotesques.

« Brr... fit Bob en frissonnant. Si le vieil Angus a enterré son trésor ici, je me demande comment nous pourrons le trouver, cent ans après. Il peut être n'importe où !

— Non, mon vieux, dit Hannibal. J'y ai longuement réfléchi. Je suis convaincu qu'Angus n'a pas enterré le trésor. D'abord, il savait que le capitaine de l'*Argyll Queen* était à ses trousses et de la terre fraîchement remuée saute aux yeux de n'importe qui. Ensuite, il voulait que Laura le trouve : or, il suffit de quelques mois pour effacer toute trace d'un objet enfoui dans la terre.

— Oui... tu as sans doute raison.

— A mon avis, continua Hannibal, Angus n'a

donc pas enterré son trésor mais l'a caché quelque part, à un endroit marqué d'un signe que Laura ne pouvait manquer de reconnaître... un signe qui défierait les ans car Angus ne pouvait savoir combien de temps mettrait sa femme à le découvrir. »

Une idée vint à Harvey :

« Et si Angus avait construit ici quelque chose pour Laura ? suggéra-t-il. Peut-être a-t-il acheté un bout de terre sur cette île pour lui faire une surprise ?

— J'y ai pensé, répondit Hannibal. Nous allons nous mettre en quête de quelque chose construit avec du bois de mine ou encore de quelque chose pouvant avoir un rapport avec les Slunn.

— La lettre, rappela Bob, dit de suivre les pas et démarches d'Angus et de lire ce que ses jours ont bâti. Voilà le fil conducteur ! Ensuite, il parle du fantôme et d'un miroir. Ces deux choses pourraient être les signes.

— Exactement, acquiesça Hannibal. Par ailleurs, le journal nous apprend qu'Angus a obtenu quelque chose du propriétaire de l'île... peut-être la permission de cacher un objet ici. Nous allons donc commencer par fouiller la maison dont nous apercevons la cheminée. Elle nous fournira peut-être une indication quelconque. »

La petite troupe se mit en devoir de grimper le sentier entre les deux collines pour atteindre bientôt un creux abrité. La haute cheminée se dressait bien devant eux... mais il n'y avait rien autour. Elle était faite d'énormes pierres, avec un âtre massif, au milieu de ruines informes.

« La maison a disparu ! constata Peter à haute

voix. Et voilà envolés nos espoirs de dénicher un miroir ou n'importe quoi d'autre!

— Oh!... Regardez!»

Et Bob désignait du doigt des marques poussiéreuses soulignant les contours d'une large dalle plate, au centre du foyer. La dalle, de toute évidence, avait été soulevée peu de temps auparavant, puis remise en place.

«Ouelqu'un est passé ici avant nous! s'écria le professeur Shay. Et tout récemment, dirait-on!»

Presque craintivement, tous regardèrent les collines embrumées et les cyprès tordus. Rien ne bougeait, sinon les écharpes que le brouillard nouait et dénouait autour des arbres.

«Voyons ce qu'il y a sous la dalle», suggéra Bob. Hannibal et Peter déplacèrent la lourde pierre. Cinq têtes se penchèrent sur un trou vide.

«Il n'y a rien, soupira Peter. Et je crois qu'il n'y a jamais rien eu... récemment du moins! Voyez! La poussière est épaisse et sèche au fond du trou... sans la moindre empreinte.

— Mais quelqu'un supposait que cette dalle pouvait cacher un dépôt précieux, fit remarquer Hannibal.

— Nous n'avons aperçu aucun bateau dans la crique, dit Peter. Mais il existe une petite plage où l'on peut également aborder, juste un peu plus loin.

— Dispersons-nous et essayons de coincer le gredin s'il est encore par ici! s'écria le professeur Shay. Mais soyez prudents. Je vais rester ici. Si vous apercevez quelqu'un, criez très fort et rabattez-vous sur moi en courant.

— Profitons-en pour essayer de repérer tout

ce qui peut ressembler à un signe, ajouta Hannibal. Une grotte, un tas de cailloux ou une sculpture dans le roc. »

Chacun acquiesça en silence. Puis, faisant face au nord, la petite troupe s'étira de manière à former une ligne allant d'un côté à l'autre de l'île. Au fur et à mesure que les chercheurs s'enfonçaient dans la brume, ils s'éloignaient les uns des autres. Bientôt, ils se perdirent de vue. Harvey, à l'extrême gauche, apercevait cependant encore Peter, de façon très vague.

Le jeune garçon entreprit de grimper la pente la plus abrupte de la colline ouest. La mer, presque invisible sous la brume, se trouvait à sa gauche. Soudain, la brume s'épaissit à sa droite, et Harvey cessa de voir Peter. Nerveux malgré lui, le jeune rouquin regardait autour de lui, en quête de l'indésirable personnage qu'ils traquaient. Soudain, il crut entendre bouger. Dans son émotion, il trébucha et tomba. Il glissa alors le long de la pente raide, entraînant une avalanche de pierres à sa suite.

« Ouille ! » grommela-t-il en se remettant debout, non sans mal.

Et c'est alors qu'il le vit !

Juste devant lui, à travers la brume, une silhouette fantomatique se penchait vers lui et le regardait. Une silhouette tordue, avec une bosse sur le dos et un visage pointu au nez crochu surmonté d'un œil unique et énorme.

« Le fantôme ! hurla Harvey. Au secours ! »

Le fantôme se courba un peu plus et tendit ses bras vers le jeune garçon, au comble de l'épouvante.

Chapitre 11

L'espion

« Au secours ! Au secours ! » cria encore Harvey, reculant pour échapper à l'étreinte du fantôme.

La voix de Peter lui parvint :

« Qu'est-ce qui se passe ?

— Le fantôme ! répéta Harvey. Là ! »

Peter émergea de la brume mais, à la vue de l'apparition, fit deux pas en arrière, suffoqué. L'œil du fantôme était maintenant fixé sur lui.

On entendit une galopade. Le professeur Shay, Hannibal et Bob parurent à leur tour, essoufflés d'avoir couru si vite. Bouche bée, ils contemplaient le fantôme quand le brouillard s'éclaircit soudain. Bob s'écria :

« Mais... c'est un arbre !

— Un cyprès... tordu par le vent ! » ajouta le professeur.

En effet, le fantôme bossu n'était qu'un tronc d'arbre dont les branches figuraient assez bien des bras difformes. L'énorme « œil » correspondait à un trou dans la touffe de feuillage représentant la « tête ». Le vent qui agitait le sommet de l'arbre donnait vie à cet œil, d'une manière impressionnante.

« Ma foi, murmura Harvey un peu penaud. Il faut reconnaître que ce cyprès ressemble bel et bien à un fantôme. »

Hannibal poussa un cri :

« Mais *c'est* le fantôme ! Comprenez-vous ? Ce doit être le signe laissé par le vieil Angus.

— Le signe ? répéta Peter.

— Tu le crois vraiment, Babal ? » dit Bob.

Le professeur Shay ouvrait de grands yeux derrière ses lorgnons.

« Saperlipopette ! Je suis sûr qu'Hannibal a raison. Cherchons une cachette autour de cet arbre, mes enfants. Le trésor ne doit pas être loin.

— Je cherche à gauche, annonça Harvey.

— Et moi à droite, dit Bob.

— Hannibal, voyez en haut de la pente, conseilla le professeur Shay. Moi, j'explorerai le bas. »

Peter resta seul sur place tandis que les autres s'éloignaient de l'arbre tordu. Pensif, il regarda à droite, à gauche, en haut, en bas. Puis il appela :

« Hep ! Les copains ! »

Ses camarades ne l'entendirent pas. Ils étaient trop occupés à gratter la poussière qui couvrait les rochers alentour et à retourner les pierres. Le professeur Shay fouillait le fond d'une crevasse à l'aide d'un long bâton.

« Hep, les copains ! appela Peter de nouveau. Je ne pense pas que vous trouviez quelque chose ! »

Hannibal se retourna.

« Quoi ? Que dis-tu ?

— Viens nous aider, Peter ! » cria Harvey de son côté.

Mais Peter secoua la tête :

« Je ne crois pas que cet arbre soit le signe laissé par le vieil Angus, déclara-t-il posément.

— Qu'est-ce que vous racontez, mon garçon ? grommela le professeur Shay. Donnez-nous plutôt un coup de main...

— Regardez, dit Peter en pointant son index sur la droite. Voici deux autres fantômes ! »

Effectivement, deux formes fantomatiques apparaissaient à travers la brume.

« Et regardez également là-bas... du côté opposé. Trois fantômes encore ! »

Un vent assez fort venait de se lever. Au fur et à mesure qu'il dissipait le brouillard, d'autres arbres aux formes tourmentées surgissaient ici et là. Les chercheurs se redressèrent. Le professeur Shay, avec un gros soupir, jeta loin de lui son bâton inutile.

« Ce sont tous des cyprès. Vus sous un certain angle, ils ressemblent à des fantômes, en effet. »

Hannibal soupira à son tour.

« Peter a raison. Il y a beaucoup trop d'arbres-fantômes sur cette île pour que le vieil Angus en ait choisi un comme signal. Ou alors...

— Ou alors quoi, mon vieux ? demanda Peter.

— Ou alors Angus aurait fait une belle boulette en en choisissant un comme repère. Il faudrait des mois et des mois pour chercher autour de tous les cyprès. Et peut-être, au bout du compte, ne trouverait-on rien !

— J'ai bien peur, jeunes gens, dit le professeur Shay, qu'il nous faille renoncer.

— Ce n'est pas encore prouvé que le vieil Angus ait caché son trésor sur l'île, observa Hannibal. Il faut...»

Une soudaine avalanche de cailloux et de débris de rocs interrompit le chef des Détectives. Hannibal leva les yeux. Le brouillard était presque entièrement dissipé maintenant. Le jeune garçon aperçut distinctement un nouveau fantôme qui se dressait au sommet de la colline.

«Un autre cyprès! ricana Harvey.

— Un arbre ne peut pas faire rouler des pierres, fit remarquer Hannibal sans quitter des yeux la silhouette suspecte.

— A moins qu'il n'ait des pieds, plaisanta Peter.

— Mais... il a des pieds! cria brusquement le professeur Shay. Le voilà qui se déplace. Ce n'est pas un arbre. C'est un homme! Hé, vous, là-haut! Arrêtez!»

Mais le «fantôme» s'évanouit. Le bruit d'une fuite rapide ébranla l'autre versant de la petite colline.

«Vite, jeunes gens! ordonna le professeur. Rattrapons-le!»

Tout en parlant, il bondit, les garçons sur ses talons. Parvenus au sommet de l'éminence, tous purent apercevoir une silhouette fugitive qui contournait la colline en direction de la crique.

«Il doit avoir un bateau, dit le professeur, hors d'haleine. Essayons de lui couper la route!»

La petite troupe fit rapidement demi-tour et descendit à toute allure pour rejoindre la crique. Peter et Harvey eurent tôt fait de distancer les autres. Ils volèrent plus qu'ils ne coururent jusqu'au rivage Mais le fugitif n'était nulle part en vue.

« Par là ! hurla Hannibal derrière eux. Sur votre droite ! »

L'inconnu venait en effet tout juste de disparaître derrière un gros rocher. Peter et Harvey s'élancèrent dans la direction indiquée. Bob et le professeur Shay coupèrent à travers un chaos de roches pour les rejoindre. Hannibal soufflait dans leur sillage.

Bob, le professeur, Peter et Harvey arrivèrent presque en même temps au gros rocher. Mais trop tard. Au pied de celui-ci s'allongeait une étroite plage de sable. Un canot à moteur était ancré là. Déjà le fuyard était à bord. Il lança le moteur et, seulement alors, se retourna. Ses poursuivants purent distinguer son visage.

« L'homme à la Volkswagen verte ! » s'écria Bob, sidéré.

Le professeur Shay regardait s'éloigner le jeune homme à la moustache et aux cheveux noirs. Il fronçait les sourcils.

« C'est le jeune Stebbin », dit-il enfin.

Le canot était déjà loin.

« Le gredin », murmura le professeur. Puis, se secouant brusquement : « Vite ! A mon bateau ! »

Tous firent demi-tour pour se précipiter vers la crique, à l'instant précis où Hannibal, tout essoufflé, les rejoignait. Le chef des Détectives comprit d'un coup d'œil que leur gibier venait de leur échapper.

« Flûte et reflûte ! » lança-t-il, dépité.

Et, sans reprendre haleine, il se remit à trotter à la suite de ses compagnons. Quand il atteignit la crique, l'amarre était déjà larguée, et le moteur en route. Hannibal grimpa lourdement à bord. Peter mit le cap sur le large. Il y avait encore quelque espoir de rattraper le fuyard que l'on n'avait pas perdu de vue.

« Pleins gaz, Peter ! ordonna le professeur Shay. Il faut le rattraper ! » Et, brandissant son poing en direction du canot à moteur, il ajouta : « Sale individu ! Vaurien ! Voleur ! »

Hannibal, qui commençait à retrouver son souffle, se tourna vers lui.

« Vous le connaissez, monsieur ? demanda-t-il. Qui est-ce ?

— Mon ancien assistant, le jeune Stebbin, expliqua le professeur Shay tout bouillant de rage. Quand je l'ai connu, c'était un étudiant pauvre, fraîchement émoulu de l'université de Ruxton. J'ai essayé de l'aider. Mais il m'a volé ! Il a tenté de vendre des objets historiques de grand prix appartenant au musée de la Société. J'ai dû le renvoyer et porter plainte. Il a été condamné à un an de prison. »

Le petit canot à moteur, cependant, distançait rapidement le voilier du professeur.

« Nous ne le rejoindrons jamais, soupira Peter. Notre moteur n'est pas assez puissant. »

Le professeur Shay serra les poings de colère.

« Vous vous demandiez, Hannibal, comment Java Jim pouvait en savoir aussi long sur le trésor et la famille Slunn ?... Eh bien, voilà la réponse ! Je me rappelle à présent que Stebbin semblait fort intéressé par l'*Argyll Queen* et le vieil Angus Slunn... Il a dû s'évader de prison ou être mis en liberté provisoire. Sans doute s'est-il acoquiné avec Java Jim. Ma parole ! C'est un jeune et dangereux criminel !

— C'est sûrement Stebbin qui a photographié le journal d'Angus hier soir, avança Bob.

— Oui, approuva Hannibal. Et le journal lui a appris l'existence de l'île. Mais il n'a rien trouvé. Car s'il avait réussi dans ses recherches, il ne serait pas resté sur place, à rôder autour de nous pour voir ce que nous pourrions, nous-mêmes, découvrir.

— Autrement dit, nous en sommes tous au même point, conclut Bob. Match nul! Personne n'a rien trouvé. »

Un silence tomba. Chacun était absorbé dans ses pensées. Le professeur Shay ne parvenait pas à détourner son regard du petit canot qui, maintenant, s'estompait dans le lointain. Quand le voilier toucha terre à son tour, ses occupants durent se rendre à l'évidence : il n'y avait pas plus trace de Stebbin que de son canot ou de sa Volkswagen.

« Je vais immédiatement le dénoncer à la police, annonça le professeur Shay qui ne décolérait pas. Après tout, il a pénétré chez vous avec effraction la nuit dernière.

— Mais je ne l'ai pas vu, fit remarquer Hannibal. En toute justice, je ne peux pas jurer que c'était lui.

— N'empêche que vous le pensez! Je vais au moins signaler la présence de ce voyou dans les parages. La police saura s'en occuper.

— Quelle journée! soupira Peter. Nous avons laissé ce vaurien nous glisser entre les doigts et nous n'avons toujours pas le trésor. »

Le professeur Shay hocha lentement la tête :

« Je suis désolé pour vous, jeunes gens. Cette chasse au trésor semble ne jamais devoir aboutir. Cent ans... c'est une bien longue période...

— Je dois reconnaître, dit Hannibal, que nous ne progressons guère.

— Ne perdons pas courage! s'écria Harvey. Continuons à suivre la route indiquée par le vieil Angus. Il n'y a plus qu'un mois dans son second journal, mes amis. Ne nous arrêtons pas en chemin.

— Si vous décidez de poursuivre, jeunes gens, murmura tristement le petit professeur, je crains fort d'être obligé de vous abandonner à vous-mêmes. Je ne dois pas négliger mon travail. Mais ne manquez pas de m'avertir si vous dénichez le moindre indice intéressant.»

Le professeur Shay monta dans sa fourgonnette et s'éloigna rapidement. Quand il eut disparu, Harvey se tourna, plein d'espoir, vers ses amis.

Peter posa la question qu'il attendait :

«Babal! Nous n'allons pas renoncer, dis?

— Pour commencer, répondit Hannibal sans entrain, nous allons déjeuner. J'ai besoin de réfléchir tranquillement... Cet après-midi, nous retournerons au Lac du Fantôme et nous prendrons une décision...» Il poussa un gros soupir... «Dans cette affaire, ajouta-t-il, il y a quelque chose qui m'échappe!»

Plutôt découragés, les garçons reprirent leurs bicyclettes et rentrèrent chez eux.

Chapitre 12

Nouveau danger

Bob en était au dessert quand Hannibal téléphona. La voix du chef des Détectives trahissait une vive excitation. Il annonça avec emphase :

« Bob je crois m'être entièrement fourvoyé dans mes précédentes déductions. J'ai réfléchi et je suis arrivé à une conception entièrement nouvelle quant à l'énigme posée par le vieil Angus. »

Bob sourit. Lorsque Hannibal se mettait à parler de cette manière ampoulée, on pouvait être certain qu'il avait quelque fameuse idée en tête. Toute trace de découragement semblait avoir quitté le gros garçon. On le sentait de nouveau sûr de lui.

« Rendez-vous à l'entrepôt, ajouta plus prosaïquement Hannibal. J'ai un plan ! »

Bob raccrocha et se hâta d'aller chercher son vélo... Quand il arriva au bric-à-brac, il trouva Hannibal et Peter qui l'attendaient, debout à côté de la camionnette. Tandis que Hans se mettait au volant, Hannibal fit signe à Bob de charger sa bicyclette sur la voiture où les leurs se trouvaient déjà. Après quoi les trois garçons grimpèrent à leur tour. Hans démarra.

« J'ai dit à l'oncle Titus que Mme Slunn avait sans doute pas mal de vieilleries à vendre », expliqua le chef des Détectives sans s'expliquer davantage.

Peter et Bob se gardèrent de l'interroger. Ils savaient que leur camarade ne leur révélerait ses déductions et son plan qu'à l'heure choisie par lui.

La camionnette arriva au Lac au Fantôme. Harvey attendait ses camarades, debout sur le perron de la grande demeure. Hannibal le pria de les conduire à sa mère. Ils trouvèrent Mme Slunn derrière la maison, dans une sorte de remise construite moitié en pierre, moitié en bois. La jeune femme était occupée à rempoter un gros hibiscus dans une caisse peinte en rouge.

Hannibal entra tout de suite dans le vif du sujet :

« Madame, commença-t-il, nous avons tous cru, en lisant le journal du vieil Angus, que le chargement de son bateau était quelque chose qu'il emportait dans l'île. Or, j'ai relu le manuscrit et je suis persuadé maintenant que, s'il a failli couler en route, c'est au retour! Il rapportait son chargement de l'île. A votre avis, qu'avait-il bien pu aller chercher là-bas? »

Mme Slunn eut un faible sourire.

« Mon Dieu, Hannibal! Comment pourrais-je le deviner? Je n'y étais pas! Mais je suppose qu'Angus aurait pu acheter bien des choses au propriétaire de l'île Cabrillo. »

Hannibal hocha la tête, de l'air de quelqu'un

qui n'avait guère espéré de réponse satisfaisante à sa question. Cependant, il insista :

« Essayez d'y réfléchir, madame. Par ailleurs, j'ai pensé encore à autre chose. Dans son message à Laura, Angus recommande : " Lis ce que mes jours ont construit. " Les jours! Le mot est au pluriel, remarquez-le. Je crois que nous devons nous attacher à suivre ses traces, partout où il est allé, et à bien voir ce qu'il a fait, jour après jour. Et c'est seulement lorsque nous serons en possession de tous ces éléments que l'énigme sera éclaircie. C'est un peu comme dans un jeu de patience. Il faut avoir tous les morceaux du puzzle pour le reconstituer.

— C'est bien possible, approuva Peter. Voilà pourquoi, sans doute, la ville fantôme et l'île ne nous ont pas appris grand-chose par elles-mêmes.

— Bon, dit Harvey. Continuons donc à éplucher le journal de l'ancêtre. Qu'est-ce qui vient ensuite, Hannibal? »

Celui-ci tira le manuscrit de sa vaste poche.

« Pour commencer, voici ce qu'écrivait Angus en date du 21 novembre 1872 : " Reçu un mot des frères Ortega m'avertissant que ma commande était prête. Il me faudra le grand chariot. " Et le 22 novembre, nous avons ceci : " Revenu de Rocky avec la livraison Ortega. C'est de l'excellent travail! Chaque pièce est exactement aux dimensions voulues. Un véritable miracle dans ce pays neuf et encore fruste! " Suivent les notes habituelles relatives à un travail " qui avance "... et aussi deux curieux détails... »

Hannibal leva les yeux. Ses auditeurs étaient tout oreilles.

« Le premier est en date du 23 novembre : “ Remarqué deux étrangers au pays. Des marins. ” L’autre est du 28 novembre : “ Etrangers partis. Sans doute pour faire leur rapport au capitaine. ”

— Cette période correspond à celle où il se disait surveillé ! » fit remarquer Bob.

Hannibal approuva gravement du chef.

« Oui, mes amis. Il est facile de se le représenter, seul ici, attendant la venue de sa femme et de son fils. Il avait décidé de se fixer dans ce pays. Peut-être en avait-il assez de fuir avec son trésor. Et puis, il a eu un pressentiment. Il a deviné quel destin l’attendait. Alors, il a résolu de cacher le trésor en question. Comme il manquait de temps, il a utilisé ce qu’il était en train de construire pour en faire un message-signal destiné à Laura.

— Qu’est-ce qui vient ensuite, dans le journal ? » demanda Harvey avec impatience.

Hannibal se replongea dans le manuscrit :

« Le 5 décembre, Angus écrit : “ Me suis rendu à Santa Barbara pour dernière touche à surprise de Laura. Ai trouvé ce que je cherchais. Très joli objet, obtenu à bon compte car établissement récemment dévasté par le feu. Le malheur des uns fait souvent le bonheur des autres ! ”... Je me demande si, lorsqu’il écrivait cela, Angus ne pensait pas au naufrage et au trésor ! »

Hannibal referma le journal.

« Hier soir, expliqua-t-il, je me suis renseigné au sujet des frères Ortega. C’étaient des marchands de briques et de pierres bien connus à Rocky. Il est probable qu’Angus leur a acheté de pleins chariots de marchandise s’il construisait quelque chose. La fabrique de matériaux de construction Ortega existe toujours. Peut-être a-t-elle conservé ses vieux registres et pourrons-nous dénicher un renseignement utile dans ses archives.

— Epatant! s'écria Harvey avec fougue. Allons-y vite!

— Certainement, nous irons, assura Hannibal. Mais comme nous devons également nous rendre à Santa Barbara, nous nous diviserons en deux groupes. Nous savons que Stebbin a photographié ce journal. C'est dire que le temps nous est compté. Il faut faire très vite. Bob et Peter iront visiter la Compagnie Ortega, à Rocky. Harvey et moi, nous irons de notre côté à Santa Barbara avec Hans. Si nous arrivons à découvrir ce qu'Angus a acheté là-bas, Harvey reconnaîtra peut-être l'objet... s'il se trouve toujours ici. »

Bob interrogea, l'air inquiet.

« Es-tu sûr que ton oncle permettrait à Hans de vous conduire là-bas, mon vieux ?

— Sans doute... pour faire plaisir à Mme Slunn! » dit Hannibal en souriant. Puis, se tournant vers la mère d'Harvey : « Si vous pouviez nous vendre quelques vieilleries, madame, vous pourriez ensuite demander à Hans de conduire Harvey à Santa Barbara... comme un service! »

Mme Slunn se mit à rire.

« Quel astucieux garçon vous faites, Hannibal! s'écria-t-elle. Mais vous avez raison. J'ai en effet plusieurs choses que votre oncle sera certainement heureux d'acquérir. Et maintenant, j'ai moi-même un petit service à vous demander. En vous y mettant tous, jeunes gens, voulez-vous transporter la caisse de l'hibiscus devant la maison, au bas du perron? Quand vous êtes arrivés, j'allais appeler Rory pour qu'il m'aide. Inutile de le déranger puisque vous êtes là.

— Entendu, dit vivement Hannibal. Nous allons expédier la besogne en un clin d'œil.»

Mais la grosse caisse rouge était affreusement lourde. Les garçons furent obligés de la placer sur une sorte de châssis en bois déniché au fond de la remise. Chacun le saisit par un coin. Ahanant et trébuchant, ils firent le tour de la maison et déposèrent l'hibiscus au bas du perron. A peine venaient-ils de le mettre en place qu'il entendirent un bruit de moteur. La fourgonnette du professeur Shay arrivait à toute allure.

Le professeur lui-même, ayant mis pied à terre, se dirigea rapidement vers les quatre amis.

«Je suis venu vous prévenir, jeunes gens! s'écria-t-il. J'ai été voir Reynolds, le chef de la police, pour lui parler de Stebbin. Il a contrôlé sa fiche. Notre gredin a été mis en liberté provisoire il y a six mois. Mais s'il est entré chez vous par effraction, cela va lui coûter cher. Stebbin le sait parfaitement. Aussi risque-t-il de se montrer dangereux. S'il est repris, cela signifie la prison pour lui!

— Il y a six mois, répéta Peter. C'est l'époque à laquelle ont commencé les cambriolages de cette maison, il me semble!

— Exactement, murmura Hannibal d'un air sombre. Je me demande...»

Il s'interrompit brusquement, narines frémissantes, l'air tendu. Il reniflait à petits coups.

«Dites-moi... demanda-t-il. Vous ne sentez rien?»

Peter renifla à son tour.

« De la fumée! s'écria-t-il. Quelque chose est en train de brûler! »

Harvey poussa un cri :

« Ça vient de derrière la maison! »

Tous se précipitèrent. Ils firent en courant le tour de la vaste demeure. Ils comprirent alors : des tourbillons de fumée s'échappaient de la vieille remise.

Mme Slunn parut à l'une des fenêtres de la maison.

« Mon Dieu! s'écria-t-elle. Il y a le feu! »

Brusquement, Hannibal fit halte et commença à fouiller fiévreusement ses poches... Puis il considéra ses mains vides d'un air égaré. Enfin, il parut véritablement pris de panique.

« Le journal! s'écria-t-il d'une voix désespérée. Quand j'ai aidé à transporter l'hibiscus, je l'ai posé sur l'établi... dans la remise! »

Chapitre 13

Folle poursuite

Hannibal, suivi de ses camarades, courut à la remise. A présent, la fumée était plus épaisse mais on ne voyait pas encore de flammes.

« La pierre est dure à s'attaquer, fit remarquer Peter. Seul le bois brûle ! »

Harvey, qui s'était éclipsé un bref instant, revint avec un extincteur. Peter et Bob quittèrent en hâte leurs vieux blousons et emboîtèrent le pas à Harvey qui pénétra avec prudence dans la remise. Un bref coup d'œil autour d'eux suffit à les renseigner :

« Il s'est produit un court-circuit, là, dans ce coin ! » cria Harvey.

Dehors, Mme Slunn et le professeur Shay écoutaient le sifflement de l'extincteur et le bruit des blousons battant les flammes. Hannibal, toujours pratique, était allé couper le courant.

Quelques instants plus tard, la fumée diminua, puis l'incendie s'éteignit. Il n'avait pas eu le temps de faire de grands ravages. Peter apparut, triomphant. Il tenait à la main le journal d'Angus.

« A peine roussi, Babal ! annonça-t-il, radieux. Mais une chose m'intrigue... Je l'ai trouvé à terre, près de la petite porte de derrière qui s'ouvre sur les bois. Et cette porte était ouverte. »

Hannibal fronça les sourcils.

« J'avais posé le journal sur l'établi, j'en suis sûr, déclara-t-il. Il faut donc supposer que quelqu'un a songé à le voler mais que ce début d'incendie, en le surprenant, l'a obligé à fuir très vite... Et, en fuyant, notre inconnu a perdu son butin. La chose ne peut pas s'expliquer autrement ! »

Il feuilleta vivement le journal, comme pour s'assurer qu'aucune page n'y manquait. Il était encore plus intrigué que Peter ! Si Stebbin avait photographié le document et s'il travaillait en cheville avec Java Jim, à quoi bon le voler maintenant ?

Il fut arraché à ses pensées par quelqu'un qui arrivait en courant. C'était Rory. L'index tendu vers la remise, il criait :

« Là derrière !... Derrière la remise ! Je l'ai vu de ma fenêtre. Il courait à travers les arbres. Vite !

— Dépêchons-nous ! s'écria à son tour le professeur Shay. Nous pourrons peut-être encore le rattraper. »

Hannibal en doutait fort mais, comme les autres, se lança dans le sous-bois. Rory courait en tête.

« Je l'aperçois... là-bas... devant moi ! rugit soudain l'Ecossais. Il cherche à rejoindre la route. »

Les poursuivants s'égaillèrent parmi les arbres, avançant avec difficulté car la végétation était dense sous le couvert. Le professeur Shay faisait de son mieux pour marcher en ligne droite, espérant couper le chemin au fugitif. Hannibal et Bob, qui formaient l'arrière-garde, firent halte pour tenter de scruter les profondeurs du sous-bois.

Il se fit un brusque silence, comme si les autres, eux aussi, s'étaient arrêtés pour prêter l'oreille et regarder alentour. Et puis, à quelque distance devant eux, une voix grommela que «ce maudit gredin devait se cacher». Hannibal et Bob reprirent leur marche prudente. Ils avancèrent encore d'une centaine de mètres. Brusquement, une branche craqua sur leur droite.

«Bob!» murmura Hannibal.

Il n'eut pas le temps d'en dire plus long. Un cri éclata à son oreille. Une silhouette jaillit d'un buisson. Hannibal tomba par terre dans un enchevêtrement de bras et de jambes, sur fond sonore de beuglements en tout genre.

«Je le tiens, mes amis! Je le tiens! criait Peter.

— Au secours! A l'aide!» hurlait Hannibal de son côté.

Bob poussa un gémissement consterné :

«Peter! C'est nous, voyons! Tu viens d'attraper Babal!»

Le tourbillon furieux qui s'agitait devant lui s'arrêta net. Hannibal leva le nez et aperçut Peter qui, étalé sur lui, l'écrasait de tout son poids.

«Holà, vieux!

— Quoi! s'exclama Peter, effaré. C'est toi?... Je pensais... J'avais cru...

— Allez! Ote-toi de là! bougonna Hannibal en se remettant sur pied non sans mal et en brossant ses vêtements. La prochaine fois, tâche de mieux regarder sur qui tu sautes,»

Peter eut un clignement d'yeux plein de malice.

«Avoue que, toi aussi, tu croyais bien tenir le bonhomme après lequel nous courons?

— Ce que vous pouvez avoir l'air drôle, tous les deux!» dit Bob en s'esclaffant.

Peter et Hannibal éclatèrent de rire à leur tour. Ils riaient encore lorsque le professeur Shay, Rory et Harvey, revenus sur leurs pas, les rejoignirent. Les yeux du professeur brillaient de fureur derrière les verres de ses lunettes. Son visage rond et rose affichait un dépit presque comique. Rory ne semblait pas moins furieux que lui.

«Il a filé, expliqua l'Ecossais. Le diable l'emporte! Mais je l'ai vu comme je vous vois! C'était Java Jim, si je me fie à la description que vous m'en avez faite.

— Java Jim! protesta le professeur Shay. Mon cher McNab, vous voulez dire Stebbin! Je l'ai aperçu moi aussi.

— Qu'est-ce que vous racontez! grommela fort peu aimablement Rory. J'ai vu un type qui avait l'air d'un marin, avec une barbe noire.

— Pas une barbe! Une moustache brune, rectifia encore le professeur en insistant.

— Dites donc! J'ai déjà rencontré Stebbin et je l'aurais bien reconnu si ç'avait été lui!

— Cependant...» commença le professeur Shay. Puis il se tut et parut réfléchir. «Ma foi, soupira-t-il au bout d'un moment, il est possible que je me sois trompé. Je n'ai fait qu'entrevoir l'individu.

— Et moi, je l'ai bel et bien vu! assura Rory. Je n'ai aucun doute sur son identité.

— Inutile de vous chamailler! dit Hannibal. Nous sommes en train de perdre du temps. Allons, rentrons! »

Le petit groupe eut tôt fait de regagner la maison. Mme Slunn les attendait tous avec anxiété. Hans, qui avait abandonné sa camionnette pour venir voir de quoi il retournait, lui tenait compagnie.

« Le gredin s'est échappé, grommela Rory. Si j'avais été plus rapide pour sortir de la maison, je l'aurais pincé!

— Ainsi, vous étiez dans la maison, monsieur McNab? interrogea Hannibal d'un air innocent.

— Certainement, mon garçon. J'ai senti de la fumée, j'ai regardé par la fenêtre... et j'ai vu ce type-là qui rôdait près de la remise.

— Il faut avertir la police, déclara le professeur Shay. J'étais seulement venu vous dire que Stebbin était en liberté provisoire. Maintenant, je dois m'en aller. Je prendrai cependant le temps de faire une déclaration au poste de police... au sujet de Java Jim cette fois!

— Oui, oui, vous avez raison, approuva Rory (et sa voix était soudain étonnamment amicale). Je crois que je vous dois des excuses, jeunes gens! ajouta-t-il à l'intention des garçons. Je doute toujours que le trésor existe mais je reconnais que d'autres que vous croient à sa réalité. »

L'Ecossais secoua la tête et soupira :

« Vos adversaires sont des hommes dangereux, si vous voulez mon avis. C'est à la police de s'occuper d'eux. Pas à vous! »

Le professeur Shay abonda dans son sens :

« Navré de vous le dire, mais je suis tout à fait de l'avis de M. McNab.

— Peut-être en effet... commença Mme Slunn en hésitant.

— Mais nous ne courons aucun danger, madame! assura Hannibal vivement. Il est évident que Java Jim a en main tout ce qu'il souhaitait. Il n'essaiera plus de nous attaquer. Dans l'île, Stebbin nous a échappé lui aussi. Tous deux courent après le trésor. Ce que nous avons de mieux à faire est de le dénicher avant eux. Bob et Peter sauront se montrer prudents. Quant à Harvey et à moi, nous aurons Hans avec nous.

— N'empêche que je n'aime pas ça! gronda Rory en se rembrunissant.

— Je crois que les garçons sauront veiller sur eux-mêmes, déclara tranquillement Mme Slunn. Ils sont assez grands pour cela.

— Bien dit, maman! » lança Harvey soudain épanoui.

Le professeur Shay sourit.

« Moi aussi, chère madame, je fais confiance à leur jugement. Et maintenant, il faut vraiment que je parte. Mais tenez-moi au courant, hein, jeunes gens? »

Le petit professeur grimpa dans sa fourgonnette et disparut. Rory, comme à regret, aida Hans à charger la camionnette de vieux objets et d'anciens meubles dont Mme Slunn acceptait de se débarrasser en faveur de l'oncle Titus. Quand il eut fini, il se dirigea vers la vieille Ford de Mme Slunn.

« Vous avez peut-être du temps à perdre, mais pas moi. Sans compter qu'il va me falloir réparer la remise! »

Peter et Bob enfourchaient déjà leurs bicyclettes pour reprendre la route de Rocky et poursuivre l'enquête auprès de l'entreprise Ortega.

De leur côté, Harvey et Hannibal grimpèrent dans la camionnette. Hans mit le cap sur Santa Barbara.

Chapitre 14

Encore Java Jim!

Assis près de Hans, sur le siège avant de la camionnette, Hannibal ne tenait pas en place. Il aurait déjà voulu être à Santa Barbara.

« Plus vite, Hans! Il nous faut arriver là-bas les premiers!

— Nous y serons à temps, ne t'en fais pas, répondit placidement le Bavarois. Trop de précipitation risquerait de nous envoyer dans le fossé. C'est ça qui nous avancerait! »

Hannibal soupira et se mordit les lèvres d'impatience. Harvey, qui venait de relire un passage du journal d'Angus, leva soudain la tête. Il semblait effaré :

« Hannibal! Mon ancêtre parle bien d'un déplacement à Santa Barbara, mais il ne précise pas *où* il est allé! Et où irons-nous nous-mêmes quand nous serons là-bas? »

Hans grommela entre ses dents :

« Santa Barbara est une grosse ville.

— Assez importante en tout cas pour avoir des archives bien tenues, répliqua Hannibal. Nous découvrirons l'endroit où s'est rendu Angus, en utilisant l'indice qu'il nous donne.

— Un indice? répéta Harvey d'un air surpris. Quel indice?

— Il dit avoir acheté quelque chose dans un magasin " récemment dévasté par le feu ", expliqua Hannibal triomphant. En 1872, Santa Barbara était encore assez petite pour que cet incendie soit signalé dans les archives du journal local!»

On atteignit les faubourgs de la ville au milieu de l'après-midi. Le journal local occupait un bâtiment ancien, imitant le style mauresque, sur la place principale. Le préposé aux renseignements dirigea les visiteurs sur un certain M. Pigeon, au second étage. Le rédacteur en chef était un petit homme, mince et souriant.

«En 1872? dit-il. Non, notre journal n'existait pas encore. Cependant, il y avait bien une gazette locale, qui a certainement mentionné le sinistre dont vous me parlez!

— Savez-vous, demanda Hannibal, où nous pourrions consulter les archives de cette gazette?

— Eh bien, nous les avons recueillies nous-mêmes mais, par manque de place, nous avons été obligés de détruire tous les documents antérieurs à 1900.»

Le chef des détectives poussa un gémissement.

«Tous... vraiment tous?

— Je le crains... Cependant... attendez!... Je connais quelqu'un qui pourra peut-être vous tirer d'affaire. Il s'agit d'un vieux rédacteur qui a travaillé à la gazette pendant plus de soixante ans. L'histoire des menus événements locaux, même très anciens, le passionnait. Je suis à peu près certain qu'il a une collection particulière des numéros de son cher journal, qu'il a en partie héritée de son père.

— Habite-t-il Santa Barbara ? demanda Hannibal, plein d'espoir.

— Oui, certainement. »

M. Pigeon consulta un classeur et en sortit une fiche :

« Il s'appelle Jesse Widmer et demeure 160 Anacapa Street. Je suis persuadé qu'il sera content de vous voir. »

La camionnette ne tarda pas à s'arrêter devant le numéro indiqué. Il correspondait à une petite maison, tout au bout d'une longue allée qui contournait un bâtiment plus grand. Hannibal et Harvey se hâtèrent le long du passage, tandis que Hans les attendait dans la voiture. Brusquement, Hannibal s'immobilisa.

Une porte venait de claquer non loin de lui. On entendit quelqu'un s'éloigner en courant.

« Regarde, Hannibal ! » cria Harvey.

La porte d'entrée de la petite maison était entrebâillée. Comme les deux garçons restaient là, aux écoutes, un faible cri leur parvint :

« Au secours ! A moi !

— Quelqu'un a besoin d'aide. Allons-y ! » s'écria Hannibal en bondissant, suivi de près par Harvey.

Hans avait entendu lui aussi. Il sauta à bas de la camionnette et se précipita à son tour.

La porte de la maison s'ouvrait sur une salle de séjour propre et parfaitement en ordre. Des livres s'alignaient sur des rayonnages. On voyait au mur la « une » soigneusement encadrée de certains numéros de journal aux titres à sensation. Le papier de ces feuilles était jauni : elles ne dataient pas d'hier.

« Au secours ! »

L'appel provenait d'une autre pièce, sur la gauche. Les garçons pénétrèrent dans un bureau bourré d'archives de journaux et de magazines. Une machine à écrire était posée sur la table de travail. Une feuille, en partie imprimée, indiquait que quelqu'un était en train de taper un manuscrit.

Un homme âgé gisait sur le tapis. Ses yeux égarés se posèrent sur les nouveaux venus. Un peu de sang tachait le coin de sa bouche. Son visage était meurtri.

« *Mein Gott !* » murmura Hans à la vue du vieillard blessé.

Il releva doucement le malheureux écrivain et l'installa dans un fauteuil. Harvey courut chercher un verre d'eau. Le vieil homme but avec avidité.

« Un barbu, murmura le blessé. Avec une cicatrice au visage. Il ressemblait à un marin... Qui... qui êtes-vous ?

— Java Jim ! » s'exclama Harvey à mi-voix.

Hannibal expliqua au vieil homme qui ils étaient.

« C'est M. Pigeon qui nous a donné votre adresse. Vous êtes bien M. Jesse Widmer, n'est-ce pas ?

— Oui... Java Jim ? C'est l'homme qui m'a attaqué ?

— Nous le pensons, monsieur Widmer. Mais que voulait-il de vous ? »

L'ancien journaliste respira profondément, tandis que Hans pansait doucement ses meurtrissures. Puis il sourit pour montrer qu'il n'était pas sérieusement blessé.

« Cet homme, lui, est arrivé ici sans la

moindre recommandation. Je ne le connaissais ni d'Eve ni d'Adam. Il venait se renseigner sur un incendie qui aurait ravagé un magasin, en 1872. Il a également fait allusion au naufrage de l'*Argyll Queen*.

— Il court après le trésor, dit Peter.

— Il y a donc un trésor! Et cet homme le recherche? Voilà pourquoi il s'intéressait si fort à mon fichier.

— Que lui avez-vous révélé, monsieur? s'enquit Hannibal.

— Rien, mon garçon! Sa tête ne me plaisait pas. Alors, il m'a frappé et a fouillé dans mes classeurs. Il a trouvé ce qu'il cherchait, je suppose, car il a filé en emportant des coupures de presse.»

Hannibal laissa échapper une exclamation désolée.

«Des coupures de presse? Savez-vous de quoi il s'agissait, monsieur?

— Sans doute de cet incendie de 1872! Mais ne vous désolez pas. J'ai une boîte pleine de microfilms intéressant la période en question. C'est ma manière à moi de conserver les doubles des articles dont j'ai besoin pour écrire le livre que je consacre à la chronique locale. Tenez, placez cette bobine dans l'appareil de projection... Là... Elle commence à septembre 1872...»

Il mit l'appareil en marche.

«Nous y voilà! s'écria bientôt Hannibal. Le 15 novembre. Right et Fils, marchands de fournitures pour la marine, ont été victimes d'un incendie qui a grandement endommagé leur boutique... C'est certainement ça!

— Right et Fils, répéta M. Widmer. Leur

affaire existe toujours. C'est tout près du port.

— Allons-y vite!» s'écria Harvey.

Hans hocha la tête :

« Auparavant, dit-il, je crois que nous ferions bien d'appeler un médecin pour M. Widmer. »

Le vieil homme protesta avec énergie :

« Non, non! Certainement pas! Je me sens d'aplomb maintenant. Si ça n'allait pas, j'appellerais mon docteur habituel... Hâtez-vous de rattraper le barbu! La nouvelle de son arrestation sera pour moi le meilleur des remèdes. Allez! Dépêchez-vous!»

Hannibal hésita un peu. Puis il sourit au vieil homme, le remercia et partit avec ses compagnons. Hans sauta au volant. La camionnette prit la direction du port. Ils trouvèrent facilement le magasin de Right et Fils. Les marchands de fournitures pour la marine tenaient boutique dans une rue perpendiculaire au quai. Leur enseigne était bien visible.

Un homme d'un certain âge reçut les trois garçons.

« Que puis-je pour vous ? » demanda-t-il.

Harvey, bouillant d'impatience, répondit par une question :

« Avez-vous des registres remontant à 1872 ? »

Plus posément, Hannibal expliqua :

« Nous cherchons à trouver... »

Le commerçant lui coupa la parole :

« Si vous êtes des amis de ce grossier barbu qui était ici tout à l'heure, déclara-t-il sèchement, je vous prie de prendre immédiatement la porte.

— Non, non, monsieur! Nous ne sommes certes pas des amis de ce gredin!» s'écria Hannibal.

Et il exposa le but de leur visite.

« Vous dites : Angus Slunn ? dit le commerçant. Je regrette mais, ainsi que je l'ai déclaré à mon indésirable visiteur, un grand nombre de nos registres ont été détruits par accident. »

Hannibal était consterné.

« Il n'y a donc pas moyen de savoir ce qu'Angus Slunn a acheté chez vous en 1872 ?

— Hélas, non ! Tous nos livres comptables ont été... Mais attendez un peu... Il est possible que je puisse vous fournir tout de même certains renseignements... Patientez un instant, voulez-vous ? »

Sur ces paroles qui remettaient un peu d'espoir au cœur des enquêteurs, le marchand gravit les marches d'un escalier conduisant à une porte marquée « Privé ». Il disparut.

Hans, qui aimait presque autant que l'oncle Titus les objets insolites, commença à passer en revue les fournitures de marine exposées dans les vitrines. Harvey, de son côté, s'approcha de la devanture pour y admirer une remarquable maquette de navire. Hannibal resta sur place, à ronger son frein. Soudain, ayant jeté un coup d'œil dans la rue, Harvey poussa un cri.

« Hannibal ! » appela-t-il dans un chuchotement mais d'une voix pressante.

Le chef des Détectives le rejoignit vivement.

« Qu'y a-t-il, mon vieux ?

— Il y avait quelqu'un là, dehors, avec l'air d'épier le magasin !

— Où donc ?

— Au bout de la rue... de ce côté. Quand il s'est vu découvert, l'homme a fait un saut en arrière. La maison qui fait le coin nous le cache. C'est peut-être Java Jim ! »

Hannibal jeta un coup d'œil au fond de la boutique. Le commerçant n'était pas encore revenu. De son côté, Hans était plongé dans la contemplation d'une horloge de navire. Hannibal fit signe à Harvey. Tous deux sortirent sans bruit.

« Essayons de le voir sans être vus », dit le chef des Détectives.

Les deux amis descendirent prudemment la rue jusqu'au quai, en rasant les murs des maisons. Arrivés au coin, ils tendirent le cou et regardèrent autour d'eux. Harvey fut le premier à repérer la voiture :

« Hannibal, une Volkswagen verte ! »

Le véhicule était garé de l'autre côté du large quai. Au-delà, Hannibal aperçut un jeune homme moustachu qui traversait à pas pressés une zone de sable mouillé en direction d'un vieux rafiot en bois échoué au bas de l'eau.

« Ce n'est pas Java Jim, c'est Stebbin ! »

Les deux garçons virent leur suspect disparaître derrière le bateau à demi enlisé. Les lèvres de Stebbin bougeaient comme s'il parlait.

« Il a rendez-vous avec quelqu'un, murmura Hannibal.

— Peut-être avec Java Jim ? suggéra Harvey.

— Viens ! Suis-moi ! » ordonna Hannibal.

Sans hésiter, il traversa le quai et s'approcha du bateau.

« S'il s'agit de Java Jim en conversation avec Stebbin, peut-être pourrons-nous entendre ce qu'ils disent et connaître leurs plans. Et puis... j'aimerais bien savoir comment Java Jim a eu l'idée de se rendre directement chez Jesse Widmer, sans passer par M. Pigeon ! »

Hannibal se tut et mit un doigt sur sa bouche. Il se colla contre le flanc du vieux bateau et tendit l'oreille. Mais aucun son ne lui parvenait depuis l'autre côté.

« Nous sommes trop loin, murmura Harvey à son tour. Il faudrait faire le tour.

— Tu n'y penses pas ! Nous tomberions sur eux. Ecoute, j'ai une meilleure idée. Grimpons et guettons-les de là-haut ! »

Une échelle de fer escaladait le flanc du rafiot. Vu l'inclinaison de celui-ci, il n'était pas facile d'y grimper. Hannibal réussit néanmoins à hisser jusqu'en haut sa personne replète. Harvey le suivit lestement. L'un derrière l'autre, ils traversèrent le pont sur la pointe des pieds pour s'approcher de l'autre bord... et le pont céda brusquement sous leur poids : le bois en était pourri ! Les deux amis dégringolèrent dans un trou d'ombre.

« Hou, là, là ! grommela Hannibal, qui enfonçait dans quelque chose de doux et de mouillé.

— Nous sommes tombés sur une pile de vieux sacs, dit Harvey. C'est encore une veine ! »

Quand ils furent un peu revenus de leur émotion, les deux garçons se mirent tant bien que mal debout sur le sol en pente et regardèrent autour d'eux. Ils étaient dans la soute du rafiot... un lieu obscur, peu ragoûtant et sentant le bois pourri. Un peu de jour filtrait entre les planches disjointes des flancs du bateau... et aussi par le trou qu'Hannibal et Harvey avaient fait en tombant. Malheureusement, ce trou se trouvait très haut au-dessus de leur tête.

« Il faudrait trouver quelque chose sur quoi monter, dit Hannibal. Cherchons ! »

Mais ils eurent beau fouiller la cale ils ne trouvèrent rien. En fait, si l'on exceptait les sacs, il n'y avait là strictement rien. Ni caisses, ni planches, ni filins, ni échelle. En revanche, quelque chose se mit à remuer dans un coin. Des rats!

Harvey regarda son compagnon d'un air malheureux.

« Pas moyen de sortir d'ici, Babal!

— Cherchons encore », proposa Hannibal sans grand espoir.

Ils inspectèrent une fois de plus leur prison. A un certain moment, alors qu'il se trouvait du côté touchant l'eau, Hannibal fit une découverte.

« Harvey! murmura-t-il. Là... dans la coque. Tu vois cette fente? A marée haute, l'eau doit entrer par là! »

Or, la fente se trouvait au-dessus d'eux! Harvey frissonna. En hâte les deux garçons retournèrent à l'endroit où ils étaient tombés.

« Crions! » proposa le jeune rouquin.

Au même instant, une ombre boucha l'ouverture du pont. Un visage se pencha vers eux. Un visage jeune, agrémenté d'une moustache brune!

« Ne gaspillez pas votre souffle, conseilla Stebbin avec gravité. En hiver, personne ne se promène jamais dans ce coin. Et du quai, personne non plus ne vous entendra, c'est sûr! »

Tête levée, Hannibal et Harvey regardaient le conducteur de la Volkswagen verte. Ses yeux semblaient flamboyer dans la pénombre. Du même ton grave il déclara :

« Quant à moi, j'ai à vous parler! »

Chapitre 15

Pris au piège!

Bob et Peter pédalèrent ferme jusqu'à Rocky. Ils arrivèrent aux Etablissements Ortega vers le milieu de l'après-midi. Un homme au teint brun était occupé à charger des briques dans une camionnette. Les garçons l'abordèrent, expliquant qu'ils désiraient parler aux patrons de l'entreprise. L'homme épongea son front ruisselant de sueur avant de répondre :

« Cette entreprise, ce sont les frères Ortega qui l'ont fondée. Mon arrière-arrière-grand-père et mon arrière-arrière-grand-oncle. Je suis Emiliano Ortega. Autrement dit je demeure le seul patron aujourd'hui! »

Il sourit largement et ajouta :

« Je suis le meilleur fournisseur de pierre de la région. Malheureusement, de nos jours, la pierre est coûteuse. Les gens préfèrent généralement la brique. »

Il semblait bavard. Bob, plein d'espoir, demanda :

« Peut-être pourrez-vous nous fournir des renseignements concernant votre commerce... à l'époque...

— Pourquoi pas ? Que voulez-vous savoir, mes amis ?

— Le 22 novembre 1872, un plein chariot de quelque chose a été vendu à M. Angus Slunn. Nous aimerions savoir ce que c'était.

— Quoi ! s'écria Emiliano Ortega stupéfait. Vous voulez savoir ce que nous avons vendu à ce monsieur en 1872 ? Il y a plus d'un siècle ?

— Evidemment, ça remonte loin, soupira Peter.

— Vous ne pouvez pas nous aider ? murmura Bob, déconfit.

— Plus d'un siècle ! » répéta Emiliano Ortega d'un air effaré. Et puis, brusquement, il éclata de rire : « Bien sûr que si, je peux vous aider ! Les Ortega sont des gens soigneux. Toutes leurs archives sont bien rangées... depuis la fondation même de notre établissement. Suivez-moi ! »

Il conduisit ses visiteurs dans son bureau et ouvrit un immense placard plein de dossiers plus ou moins vieux. Après avoir longtemps fourragé dans un gros classeur, il en tira un cahier, souffla dessus pour en ôter la poussière, et le posa sur son bureau où il l'ouvrit.

« Voyons : Novembre... le 22... Nous y voici ! Angus Slunn... Angus Slunn. Ah !... " Angus Slunn, Lac au Fantôme — Commande spéciale : une tonne de granit taillé, payée en espèces et emportée par le client. " C'est tout.

— Une tonne de granit ? balbutia Peter. Mais... quelle sorte de granit ? Je veux dire... de quelle dimension étaient ces pierres ?

— Je n'en sais rien. Il n'est indiqué ici que le poids du matériau. Il s'agissait d'une commande spéciale et, si j'en juge par le prix, ce n'était pas une taille ordinaire. Je ne peux vous en dire plus.

— Quelle sorte de " commandes spéciales " passait-on à l'époque ? demanda Bob. En fait, qu'était-ce au juste qu'une commande spéciale ?

— Ma foi, répondit M. Ortega en se frottant la joue d'un air perplexe, je suppose que, dans ce cas précis, il s'agissait d'autre chose que de la livraison pure et simple des pierres de notre carrière. Les pierres en question devaient être taillées d'une certaine manière, sans doute, avoir une certaine forme, ou peser un poids défini. Il est évident que la pierre brute a dû subir un travail quelconque. Peut-être même l'a-t-on polie... quoiqu'il me semble que ce serait mentionné ici... Cet Angus Slunn voulait peut-être construire une dépendance à sa maison ?

— Nous n'en savons rien, avoua Bob. Mais il n'y a aucune dépendance en granit auprès de sa demeure...

— Cette commande peut concerner des pierres de n'importe quelle taille : grosses ou petites, fit remarquer Emiliano Ortega. Elles peuvent avoir servi à construire une maison, des fondations, un mur, n'importe quoi... Les dimensions et la forme ont-elles beaucoup d'importance, jeunes gens ?

— Oh oui ! » s'écrièrent en chœur Peter et Bob.

M. Ortega se gratta le crâne.

« Ecoutez ! Les ventes effectuées par nos soins portent toujours un numéro d'ordre. Il semble que la pierre faisant l'objet de cette commande ait été extraite de notre vieille carrière, là-bas, dans les collines. Cette carrière n'est plus guère utilisée à présent. Nous y gardons un seul homme sur place. Mais le détail de la commande doit figurer sur les fiches conservées dans le bureau qui se trouve sur les lieux. A votre place, j'irais vérifier.

— Oh! s'écria Bob tout heureux. Vous nous y autorisez?

— Sûr! Tenez, je vais vous indiquer l'emplacement exact de la carrière.

— Quelle chance! s'exclama Peter. Ce n'est qu'à trois kilomètres du Lac au Fantôme. Nous irons voir au passage si Hannibal et Harvey sont de retour. »

A ce moment précis, Hannibal et Harvey regardaient le visage moustachu de Stebbin. Le jeune homme, de son côté, les tenait sous le feu de son regard.

« Nous n'avons aucune envie de vous parler! s'écria brusquement Harvey. Nous savons trop bien qui vous êtes. »

Une expression alarmée passa dans les yeux de Stebbin.

« Que savez-vous au juste? demanda-t-il.

— Nous savons, expliqua Hannibal avec chaleur, que vous êtes un voleur. Le professeur Shay s'est vu dans l'obligation de vous faire jeter en prison. Plus tard, vous avez été mis en liberté sous condition mais vous avez manqué à votre parole en vous introduisant chez moi par effraction et en essayant de voler le trésor d'Angus Slunn.

— La police est au courant, vous savez! » renchérit Harvey.

Stebbin leva la tête et regarda autour de lui sur le pont. Puis il se pencha vers les garçons :

« Voilà donc ce que le professeur Shay vous a

raconté ! dit-il. Comment se fait-il que vous travailliez avec lui ? »

Hannibal rectifia :

« C'est lui qui travaille avec nous. C'est nous qui avons découvert le second journal d'Angus... celui que vous avez photographié !...

— Vous avez découvert... » Stebbin parut hésiter. « Qu'avez-vous appris à la boutique que vous venez de quitter ?

— Si vous vous imaginez que nous allons vous le dire ! lança Harvey, goguenard.

— Pourquoi n'allez-vous pas le demander à votre complice, Java Jim ? ajouta Hannibal.

— Java Jim ? Que savez-vous de lui ?

— Nous savons que vous courez tous les deux après le trésor ! cria Harvey. Mais vous ne le trouverez pas ! Nous le découvrirons avant vous !

— C'est donc que vous ne savez pas encore où il est, dit Stebbin. Et le professeur Shay ne le sait pas davantage, sans doute ! Mais vous pensez que Java Jim, lui, connaît la cachette ?

— Peut-être que Java Jim ne vous a pas révélé tout ce qu'il sait, avança Hannibal en souriant. Il paraît que les voleurs se volent souvent entre eux, Stebbin.

— Voleurs ? répéta Stebbin. Si je vous expliquais... » Il s'interrompit et hocha la tête, « Non, vous ne... »

Il s'interrompit encore et resta un moment pensif, à contempler les prisonniers. Soudain, ses yeux étincelèrent de nouveau :

« Vous êtes quatre, d'habitude ! Où sont les deux autres garçons ?

— Vous aimeriez bien le savoir ! » riposta Harvey.

Hannibal se mit à rire.

« Quand je vous le disais que nous découvririons le trésor avant vous ! »

Stebbin sourit à son tour, de manière tout à fait inattendue.

« Si je devine bien, vous êtes à deux doigts de réussir, pas vrai ? Vos petits copains doivent se trouver aux Etablissements Ortega en ce moment même. Merci du renseignement, les enfants ! »

Hannibal poussa un gémissement. Il avait maladroitement laissé deviner à Stebbin où étaient Bob et Peter. Le jeune homme sourit de nouveau puis disparut. Les deux garçons l'entendirent traverser le pont au-dessus d'eux, sauter à bas du vieux rafiot et s'éloigner rapidement.

Restés seuls, Hannibal et Harvey constatèrent que la marée commençait à monter et à envahir la cale. Il n'y avait pas moyen de s'enfuir. Ils se mirent à hurler...

L'après-midi touchait à sa fin quand Bob et Peter, revenant de Rocky, s'arrêtèrent au Lac au Fantôme. Mme Slunn sortit sur le perron pour les accueillir.

« Non, dit-elle, Hannibal et Harvey ne sont pas encore de retour, mes enfants. »

Les jeunes enquêteurs lui firent alors part de ce qu'ils avaient appris aux Etablissements Ortega.

« Une tonne de pierres spécialement préparées ? répéta Mme Slunn, songeuse. Mais que voulait-il en faire ? Peut-être construire les fondations de cette maison ?

— Non, madame, dit Peter. La maison était déjà bâtie à l'époque.

— A votre avis, demanda Bob, qu'est-ce qu'Angus aurait pu construire d'autre... en pierre, bien entendu ? »

Mme Slunn réfléchit un moment puis secoua la tête d'un air découragé.

« Je ne vois vraiment pas, mes enfants.

— Il doit bien cependant y avoir quelque chose, insista Peter. Le vieil Angus devait... »

Il fut interrompu par le bruit d'un véhicule qui arrivait à toute allure. Peut-être la camionnette ramenant Hans, Hannibal et Harvey ?... Non, c'était la Ford de Mme Slunn. Elle s'arrêta pile devant la maison. Rory sauta à terre. Il revenait avec le petit générateur qui se trouvait dans la remise et que le début d'incendie avait endommagé. Il avait été obligé d'aller le faire réparer.

« Quels lambins, dans ce pays ! grommela-t-il. Impossible d'avoir du travail à la fois bien fait et vite fait ! J'ai dû attendre tout l'après-midi avant qu'on me rende mon générateur en état de marche. »

Mme Slunn mit fin à ses récriminations en l'interrogeant :

« Rory ! Avez-vous remarqué quelque chose, ici, qui soit construit en pierre ? Une chose qui ait nécessité l'emploi d'une tonne entière de matériau... excepté la maison et la remise ?

— En pierre ? répéta Rory dont les sourcils se froncèrent sous l'effort de la réflexion. Une tonne de pierre ? »

Bob et Peter répétèrent en détail ce que leur avait appris Emiliano Ortega.

« Non, dit enfin Rory. Je ne vois rien qui corresponde à cette tonne de pierre ! Et vous pensez que les registres de la carrière vous donneront des précisions quant à la taille et à la forme de ces pierres?

— Oui, si l'on en croit M. Ortega, soupira Bob. Mais il est trop tard aujourd'hui. Nous n'aurions pas le temps d'arriver là-bas avant la nuit.

— Je vais vous y conduire en voiture, décida Rory. J'ai précisément une autre course à faire dans le secteur. Je vous déposerai en passant. Par exemple, il vous faudra revenir à vélo!»

Les deux garçons acceptèrent avec empressement. Bob fourra sa bicyclette dans le vaste coffre de la Ford. Peter réussit à glisser la sienne le long de la banquette arrière. Puis tous deux grimpèrent près de Rory qui démarra aussitôt.

Il faisait encore jour lorsque la voiture s'arrêta à l'entrée de la vieille carrière. Rory laissa là ses jeunes passagers et leurs vélos, puis s'éloigna à vive allure.

La vieille carrière formait un trou profond, large d'au moins deux cents mètres. Tout au fond, on voyait miroiter de l'eau. La pierre saillait de partout et luisait faiblement aux dernières lueurs du soleil couchant. Le flanc de la montagne avait été creusé en une série de terrasses en gradins, qui figuraient assez bien de gigantesques escaliers.

Du côté opposé à celui où se trouvaient les garçons, la carrière était fermée par une série de terrasses moins nombreuses. Plus près d'eux, sur une espèce de plate-forme constituée par un éperon rocheux, se dressait une grande baraque. Une lumière brillait à l'intérieur. Une camionnette était garée juste à côté.

«Le gardien est encore là!» constata Peter tout joyeux.

Les deux détectives se mirent en route vers la baraque, en longeant une des terrasses. Ils en étaient à mi-chemin quand la lumière s'éteignit brusquement. Un homme sortit et monta dans la camionnette.

Peter et Bob appelèrent en chœur :

« Hé! Monsieur!... Monsieur!... »

L'homme était trop loin pour les entendre. Son moteur pétaradait déjà. Les garçons se mirent à courir mais la camionnette démarra, cahota un moment sur un chemin de boue et quitta la carrière pour s'engager sur une route secondaire où elle disparut.

Quand les jeunes enquêteurs arrivèrent à la cabane ils la trouvèrent obscure et fermée au cadenas.

« Trop tard! » soupira Peter.

Bob fit le tour de la maisonnette. Ses quatre fenêtres étaient protégées par des volets que maintenaient en place, de l'extérieur, de lourdes barres de bois.

« Si nous pouvions nous glisser là-dedans, dit Bob, nous consulterions nous-mêmes les fiches. Après tout, M. Ortega nous a donné l'autorisation. »

Peter ôta les barres d'un des volets.

« Chouette! s'exclama-t-il. Le volet n'est pas verrouillé de l'intérieur et la fenêtre est ouverte.

— Pour de la veine, c'est de la veine! dit Bob. Allons-y! »

Tous deux sautèrent à l'intérieur de la baraque. Celle-ci était aménagée en bureau. Tout un côté était occupé par d'antiques classeurs en bois. Peter en trouva un étiqueté : « 1870-1900 ». Il l'ouvrit et se mit à fouiller parmi les dossiers poussiéreux. L'un d'eux était marqué « 1872 », Peter l'ouvrit sur la table. Bob se pencha sur l'épaule de son ami...

Au même instant, des pas légers se firent entendre au-dehors.

« Qu'est-ce que c'est ? » chuchota Bob en tournant la tête du côté de la fenêtre.

En guise de réponse, quelqu'un rabattit violemment le volet. Les deux garçons perçurent le bruit des barres de bois qu'une main inconnue remettait en place. Les pas s'éloignèrent.

Bob et Peter étaient prisonniers !

Chapitre 16

Un bruit dans la nuit

Le soleil couchant glissait ses rayons à travers la déchirure du pont, au-dessus de la tête de Harvey et d'Hannibal. Les deux garçons étaient enroués à force d'avoir crié. Maintenant, assis le dos contre le flanc du bateau, le plus loin possible de l'eau, ils regardaient celle-ci monter peu à peu dans la cale.

« Combien de temps nous reste-t-il avant d'être noyés, Hannibal ? demanda froidement Harvey à son compagnon d'infortune.

— Peut-être deux heures encore. Mais nous serons certainement délivrés bien avant.

— Il semble que personne ne nous ait entendus appeler, fit remarquer Harvey.

— Attends un peu. Hans doit déjà être parti à notre recherche.

— Mais il ignore que nous sommes au fond de ce bateau pourri. Il n'aura jamais l'idée de venir de ce côté.

— Dans un moment, nous recommencerons à appeler. Quelqu'un finira bien par nous entendre.

— Je l'espère», murmura Harvey sans grande conviction.

Mais, au bout de quelques minutes, au lieu de se remettre à crier, Hannibal parut s'intéresser à quelque chose qu'il regardait fixement.

«Harvey, dit finalement le chef des Détectives. As-tu remarqué ce caisson? Il est attaché à la paroi mais nous pourrions peut-être l'en arracher.»

Harvey hocha la tête!

«Même si nous y parvenions, mon vieux, il n'est pas assez haut pour nous permettre d'atteindre le pont.

— Ce n'est pas pour grimper dessus, expliqua Hannibal. Si nous pouvons l'arracher à son support, il flottera. Nous nous accrocherons à lui et nous monterons avec la marée.»

Déjà Harvey s'était levé d'un bond. Tous deux pataugèrent dans l'eau jusqu'au caisson repéré par Hannibal. Il s'agissait d'une sorte de caisse à claire-voie retenue seulement par des clous. Les garçons regardèrent autour d'eux avec l'espoir de trouver un bout de bois pouvant servir de levier.

Soudain, un pas pesant résonna au-dessus d'eux. Un pas lent et précautionneux... comme celui de quelqu'un qui avancerait avec prudence pour ne pas être entendu.

«Hannibal! s'exclama Harvey. Il y a quelqu'un là-haut...

— Chut! fit Hannibal. Nous ne pouvons deviner s'il s'agit d'un ami ou d'un ennemi, mon vieux. Nous n'avons pas appelé depuis un bon bout de temps. Autrement dit, ce n'est pas à cause de nos cris que quelqu'un vient par ici.»

Harvey acquiesça silencieusement. Retenant

leur souffle, les deux garçons tendirent l'oreille. Le pas pesant se dirigea, toujours avec beaucoup de précaution, vers l'endroit où le pont s'était crevé sous le poids des jeunes détectives. Puis l'inconnu s'arrêta. Il y eut un silence.

« Hannibal ! appela soudain une voix sonore. Harvey ! »

C'était Hans !

« Hans ! cria Hannibal fou de joie. Ici ! Nous sommes ici... dans la cale ! »

Suivi de Harvey, il se dépêcha d'aller se placer sous l'ouverture.

« Tirez-nous vite de là, pria Harvey.

— Bien sûr ! Juste une minute ! »

Les prisonniers entendirent Hans traverser le pont, puis un bruit de fer raclant du bois. Un instant plus tard l'échelle qui flanquait le bateau à l'extérieur descendait dans la cale. Hannibal et Harvey se hâtèrent de remonter sur le pont.

« Nom d'un pétard ! s'exclama Harvey. Ça fait plaisir de vous revoir, Hans !

— Quand j'ai constaté que vous n'étiez plus dans le magasin, expliqua gravement le grand Bavarois, j'ai trouvé cela bizarre puisque vous deviez m'attendre. Je suis alors parti à votre recherche.

— Mais comment nous avez-vous retrouvés ? demanda Hannibal.

— J'ai cherché partout : dans les rues, dans les coins où l'on vendait des glaces, dans les pâtisseries. A la fin, je suis retourné à la boutique. J'y ai rencontré un garçon qui m'a dit vous avoir aperçus sur ce vieux bateau. Alors, je suis venu.

— Un garçon qui nous a vus ? murmura Hannibal en fronçant les sourcils.

— Pourquoi n'est-il pas venu lui-même à notre secours? demanda Harvey. S'il nous a aperçus sur le pont, il nous a forcément vus tomber. Tout s'est passé en quelques secondes.

— Oui, renchérit Hannibal. C'est étrange. Dites-moi, Hans, ce garçon est-il encore chez Right et Fils?

— Non. Il est sorti en même temps que moi, il m'a accompagné jusqu'au coin de la rue pour me montrer le bateau, et puis il est parti... Ah! J'oubliais! M. Right m'a confié un message pour vous. Il est allé consulter son père, un très vieil homme. Bien entendu, celui-ci n'a pas pu indiquer ce qu'Angus Slunn avait acheté chez eux en 1872. Mais il paraît qu'il y a un moyen de le savoir en retournant à la maison Slunn.

— Quel moyen? demanda Hannibal stupéfait.

— Le vieil homme affirme que tous les articles sortis de leur magasin à cette époque portaient une petite plaque de cuivre gravée au nom de "Right et Fils". Il faut donc retourner chez Mme Slunn et chercher un objet avec cette inscription.

— Vite, Hannibal! s'écria Harvey. Rentrons à la maison et cherchons!

— Et au galop, encore! ajouta Hannibal. Oh! J'oubliais quelque chose moi aussi. Stebbin sait où Peter et Bob sont allés. Tous deux sont en danger.»

Lorsque Hans arrêta la camionnette devant la maison des Slunn, les lumières du sapin de Noël, brillant à l'intérieur de la grande salle, égayaient déjà la nuit tombante.

Harvey et Hannibal se précipitèrent hors du

véhicule avant même qu'il fût arrêté. Hans les suivit sans se presser et se dirigea immédiatement vers le téléphone pour faire son rapport à l'oncle Titus. Mme Slunn était seule dans la pièce, auprès d'un bon feu ronflant.

« Maman ! s'écria Harvey sans reprendre haleine. Est-ce que nous avons ici un objet portant une plaquette de cuivre gravée au nom de " Right et Fils " ? »

Et, comme elle réclamait des explications, il les lui fournit en quelques mots.

« Ainsi, murmura la jeune femme, vous n'avez pas pu découvrir ce qu'Angus avait acheté ?... Voyons ! Une plaquette en cuivre ? Ma foi, une bonne partie des choses ayant appartenu au vieil Angus portent des cartouches. C'était la mode à cette époque. Mais je ne me souviens de rien qui soit marqué au nom de " Right et Fils ".

— Réfléchis bien, maman ! » dit Harvey d'une voix pressante.

Mais Hannibal était inquiet :

« Bob et Peter ne sont pas encore de retour, madame ? demanda-t-il.

— Oui et non ! Ils sont revenus de Rocky pour m'apprendre qu'Angus avait acheté une tonne de pierres de granit aux Etablissements Ortega. Seulement, ils ne savaient ni la forme ni la dimension de ces pierres. Ils devaient se rendre à la vieille carrière des Ortega pour obtenir le renseignement. Comme Rory avait une course à faire dans le coin, il s'est offert à les y déposer.

— Et ils ne sont pas encore là ? murmura Hannibal en jetant un coup d'œil à l'horloge du grand-père qui marquait sept heures.

— Non. Rory n'est pas rentré lui non plus, expliqua Mme Slunn. Mais... »

Un bruit emplit soudain la nuit calme. Quelque part au-dehors, loin derrière la maison, s'élevait un vacarme étrange. On aurait dit d'énormes coups de marteau frappés sur de la pierre.

Hans s'approcha de la fenêtre pour écouter.

« Vous entendez ? murmura Mme Slunn. J'allais vous en parler quand le bruit m'a interrompue. Ces coups résonnent dans la nuit depuis plus d'une heure. J'en ai la chair de poule. Qu'est-ce que ça peut bien être ?

— Je parierais que quelqu'un est en train d'abattre un mur, suggéra Hans. Ça y ressemble en tout cas.

— Un mur ! Mais nous n'avons aucun voisin immédiat ! Il n'y a rien de construit près d'ici sauf... »

Mme Slunn marqua un temps d'arrêt.

« Sauf quoi, maman ? demanda Harvey. J'ignore de quoi tu parles !

— Peut-être ne l'as-tu jamais vu ! Il s'agit d'un ancien fumoir à viandes. Il y a belle lurette qu'on ne s'en sert plus... depuis l'époque où ton père était encore enfant. Je l'avais complètement oublié.

— Un fumoir, répéta Hannibal. Un fumoir... en pierre ?

— Ma foi... peut-être bien ! La première fois que je l'ai vu, il était enfoui sous de la vigne vierge. Je ne l'ai jamais regardé de près.

— Vite ! cria Hannibal. Il y a une grosse lampe électrique dans la camionnette ! »

Tous se précipitèrent dehors... Mme Slunn prit alors la tête de la petite troupe qu'elle guida, à la lumière de la puissante torche électrique, le long d'un étroit sentier bordé de buissons et tout couvert d'herbes folles. La nuit de décembre était froide pour le sud de la Californie. Le sentier serpentait sur plus de six cents mètres avant d'aboutir à une vieille baraque en bois.

« C'est une cabane d'ouvrier, qui remonte à l'époque du grand-père Slunn, déclara la maman de Harvey. Elle explique l'existence du fumoir... à deux pas d'ici !

— Ce ne serait donc pas Angus qui aurait construit ce fumoir, madame ? demanda le chef des détectives.

— Je ne sais pas au juste. Je crois plutôt que c'est le grand-père Slunn... le fils d'Angus. » Les yeux de la jeune femme fouillèrent l'ombre. « Il doit se trouver par là, sur la droite... »

Depuis un moment déjà les coups de marteau avaient cessé. La petite troupe se remit à suivre le sentier. Les buissons trahissaient le passage de quelqu'un : des branchettes en étaient brisées. L'herbe du sentier était foulée. Enfin, on arriva au fumoir... pour ne rien trouver d'autre qu'un amas de pierres !

« Quelqu'un l'a démoli ! s'exclama Mme Slunn.

— Et ce quelqu'un cherchait le trésor, affirma Harvey.

— Il ne peut s'agir que de Stebbin, déclara Hannibal. Ou encore de Java Jim. Tous deux ont pu revenir de Santa Barbara il y a des heures. Par exemple, je me demande bien comment ils peuvent connaître l'existence de ce fumoir ! »

Hans ramassa sur le sol un lourd marteau de forgeron.

«Celui qui s'en est servi ne doit pas encore être bien loin...» murmura-t-il.

Tous prêtèrent l'oreille mais la nuit resta silencieuse. A la lumière de la torche électrique, Hannibal examina avec soin les décombres du fumoir.

«Les murs étaient construits en pierre solide, constata-t-il à haute voix. Et, d'après l'aspect des briques à l'intérieur, je ne crois pas que quelque chose ait jamais été caché dans le foyer. C'est plein de toiles d'araignées, ici.» Il regarda autour de lui. «Et rien n'indique qu'on ait déterré un objet quelconque.»

Harvey fouillait parmi les pierres éparpillées.

«Regardez! s'écria-t-il soudain. Celle-ci porte une inscription!»

Hans l'éclaira avec la torche. Hannibal gratta la terre qui recouvrait la pierre et lut : «H. Slunn, 1883».

«Il s'agit du grand-père Slunn! dit la maman du jeune rouquin. Il se prénommait Harvey lui aussi.»

Hannibal sourit.

«Voici la confirmation de ce que vous pensiez. Ce n'est pas le vieil Angus qui a construit le fumoir. Il n'y a jamais eu de trésor caché ici. Inutile de nous attarder...»

En arrivant à la maison, ils aperçurent la fourgonnette du professeur Shay rangée auprès de la camionnette. Le professeur lui-même attendait sur les marches du perron, pâle de froid et tout frissonnant dans son costume trop léger.

«Ce n'est pas un temps normal pour la Californie», bougonna-t-il. Puis, souriant : «Je venais voir si votre enquête avançait, mes enfants. Dites-moi vite ce que vous avez trouvé... »

Tous entrèrent prestement dans la salle accueillante où ronflait le feu et qu'illuminaient les lampions de l'arbre de Noël. Hannibal mit le professeur au courant de ce qu'ils avaient découvert à Santa Barbara.

« Une plaquette en cuivre? Et Java Jim et Stebbin étaient là-bas tous les deux?... Hum... Avez-vous repéré un objet portant la marque de Right et Fils?

— Pas encore, monsieur, répondit Harvey. Nous n'avons pas commencé à chercher.

— Nous attendons Bob et Peter », expliqua le chef des Détectives.

Il relata la démarche de son lieutenant et d'« Archives et Recherches » aux Etablissements Ortega, parla de la vieille carrière où ils avaient tenu à se rendre sur-le-champ. Pour terminer, il consulta la vieille horloge d'un regard inquiet.

« Rory les a conduits là-bas, mais... Oh! Vous entendez! Les voilà qui arrivent...! »

En effet, la Ford s'arrêtait au même instant devant la maison. Rory fit son apparition, frottant l'une contre l'autre ses mains glacées. Il était seul.

Mme Slunn se précipita à sa rencontre.

« Rory! Où sont Bob et Peter?

— Là où je les ai laissés, sans doute! A la carrière », répondit l'Ecossais peu aimablement. Puis, se tournant vers Harvey : « Et toi, qu'as-tu déniché à Santa Barbara? Rien du tout, je suppose? »

Harvey lui raconta leurs tribulations et ajouta :

« Nous n'avons pas encore commencé à chercher l'objet portant la marque de Right et Fils parce que nous attendions le retour de Bob et de Peter. Du reste, nous n'en aurions pas eu le temps, même si nous l'avions voulu... Quelqu'un a démoli le vieux fumoir à coups de marteau!

— Le fumoir! s'exclama Rory en fronçant les sourcils. J'avais oublié son existence!» Ses yeux se tournèrent vers l'horloge. «Tu dis que tes copains ne sont pas encore de retour? Je n'avais pas fait attention à l'heure... Ils devraient être là depuis un bon moment!

— Un fumoir en pierre? s'écria le professeur Shay. Mais comment quelqu'un aurait-il eu connaissance de cette tonne de pierres commandée par Angus à moins...

— D'avoir parlé à Peter et à Bob? suggéra Harvey.

— Ou enquêté au chantier Ortega?» ajouta Hannibal.

Et le chef des Détectives, un peu penaud, expliqua comment il avait involontairement fourni un renseignement à Stebbin.

«Je suis d'autant plus contrarié, avoua-t-il d'un air sombre, que Java Jim et Stebbin doivent avoir entendu parler de la vieille carrière à l'heure qu'il est. L'un d'eux peut très bien avoir suivi là-bas Bob et Peter.»

Le professeur Shay sauta en l'air.

«Quoi! s'exclama-t-il. Dans ce cas, vos deux amis courent un danger réel. Filons vite là-bas, jeunes gens! Volons à leur secours!»

Les trois hommes et les deux garçons se ruèrent au-dehors. Mme Slunn entendit démarrer les voitures...

Chapitre 17

Le dernier indice

Sous la lumière froide et argentée des étoiles, la vieille carrière miroitait faiblement. Tout au fond, ce n'était qu'un trou sombre. Les voitures furent parquées à l'entrée, à l'endroit où Rory avait déposé Bob et Peter. Il n'y avait aucun signe de vie alentour.

« Cherchons leur piste ! » ordonna Hannibal.

Les cinq chercheurs s'égaillèrent. Rory ne tarda pas à trouver les bicyclettes des deux disparus.

« Elles sont tout près de l'endroit où j'ai laissé vos camarades, fit-il remarquer à Hannibal et à Harvey. Il faut qu'ils soient descendus dans la carrière pour les avoir abandonnées là ! »

Prudemment, tous descendirent à leur tour. Les lampes électriques faisaient ressembler les terrasses en gradins à quelque théâtre antique. Tout au fond, l'eau stagnante reflétait les lumières. Le professeur Shay se pencha pour la fouiller du regard.

« On ne sait jamais, murmura-t-il avec un frisson. Ils auraient pu glisser dedans...

— J'en suis malade rien que d'y penser», avoua Harvey.

Mais Hannibal ne partageait pas les craintes du professeur. Il interrogeait la pierre des terrasses pour tâcher d'y découvrir des points d'interrogation dessinés à la craie. Mais il ne vit rien.

«Si quelqu'un les suivait, dit-il enfin, ils ne s'en doutaient pas. Car, dans le cas contraire, ils auraient laissé des points d'interrogation derrière eux pour m'indiquer leur passage. Ces points d'interrogation sont notre signe de reconnaissance. Nous ne circulons jamais sans avoir un morceau de craie dans la poche.

— L'absence de ces signes ne me dit rien de bon! grommela le petit professeur. Vos camarades ont pu être pris par surprise.»

Cette peu agréable hypothèse ne donna lieu à aucun commentaire. En silence, la petite troupe continua d'explorer la vieille carrière. Le groupe se trouvait maintenant à mi-chemin du fond. Les lampes électriques éclairaient tour à tour en haut et en bas. Mais on ne voyait que les gradins, de vieux arbres rabougris dont les racines s'enfonçaient entre deux pierres, et des tas de débris de roches.

De petits animaux fuyaient dans l'ombre et, à deux reprises, un serpent glissa devant les garçons pour disparaître dans une anfractuosité du roc. Au loin s'élevait l'aboiement des coyotes. A un certain moment, un oiseau énorme s'envola sous les pas de Hans pour traverser la carrière d'un vol lourd et se percher sur un arbre à l'autre bout. Sans doute un rapace en train de chasser!

Cependant, il n'y avait toujours aucun signe

permettant de penser que Bob et Peter étaient passés par là... Soudain un bruit troua la nuit.

« Ecoutez ! » chuchota Hans en s'immobilisant.

De nouveau, on entendit un cliquetis métallique.

« Voyez-vous quelque chose ? demanda Harvey.

— Rien du tout, grommela le professeur Shay.

— Là-bas, indiqua doucement Hannibal. Une baraque ! »

Il prononça le dernier mot plus fort qu'il ne l'aurait souhaité. On entendit un nouveau cliquetis du côté de la cabane, puis un bruit de course. Rory brandit sa torche. Alors, dans le faisceau lumineux de la lampe, tous aperçurent une mince silhouette qui se dirigeait à toutes jambes vers une voiture garée à proximité.

« C'est Stebbin ! s'écria le professeur Shay. Cette fois, il ne faut pas qu'il nous échappe.

— Bob ! Peter ! cria Hannibal de son côté.

— Courons après ce gredin ! jeta Rory avec rage.

— Stebbin, rendez-vous ! » ordonna un peu naïvement le professeur Shay.

Le jeune homme avait atteint la Volkswagen verte. Il bondit dedans et démarra avant que ses adversaires soient arrivés à la hauteur de la baraque.

« Le misérable, gronda le professeur Shay. Il nous file entre les doigts une fois de plus ! »

Mais Hannibal se souciait fort peu de Stebbin. Il s'inquiétait avant tout du sort de Bob et de Peter.

« Où sont-ils ? Que leur a-t-il fait ? » murmura-t-il.

Harvey, en guise de réponse, se contenta d'avaler sa salive. les trois hommes ne parlèrent pas davantage. Hannibal regarda autour de lui.

« Bob! Peter! » appela-t-il encore.

Sa voix se répercuta étrangement d'un gradin à l'autre. L'écho lui répondit à travers la nuit... un écho qui se changea brusquement en un autre appel :

« Au secours, Babal! Nous sommes ici! »

Tous tendirent l'oreille.

« Babal! Ici!

— Ce sont eux! s'exclama Harvey tout joyeux. Nous...

— Regardez, coupa le professeur Shay. Une lumière dans la baraque! »

Des rais lumineux découpaient en effet la porte et les fenêtres de la baraque. Hannibal se précipita, suivi de ses compagnons. Arrivé à la porte, il vit le cadenas et se mit à le secouer. De l'intérieur, Peter lui cria :

« La fenêtre de gauche, vieux! Ote la barre du volet. »

Rory bondit à la fenêtre indiquée, enleva l'épar qui maintenait le volet en place et ouvrit celui-ci. Bob et Peter lui sourirent :

« Ouf! dit Peter, nous pensions devoir passer la nuit sur place... et nous craignions même pire!

— Quelqu'un a essayé de s'introduire ici pendant que nous y étions, expliqua Bob. Nous avons alors éteint nos lampes et fermé les volets de l'intérieur. Nous venons juste de les débloquer en vous entendant venir. Quelqu'un nous avait enfermés un peu plus tôt dans la soirée. Quelle aventure!

— C'est Stebbin qui cherchait à pénétrer ici!

déclara le professeur Shay. Nous l'avons tous vu s'enfuir en courant.

— Et c'est lui qui avait dû vous enfermer, précédemment, dit Rory. Dieu sait pourquoi il revenait!

— Allons, les gars! Sortez de là!» intima Hans.

Mais Bob secoua la tête :

«Non! Venez plutôt nous rejoindre! Nous avons déniché enfin ce que nous cherchions. Venez voir!»

Personne ne se fit prier pour répondre à l'invitation. L'un après l'autre, les cinq sauveteurs passèrent par la fenêtre. Hans eut bien du mal à se glisser à l'intérieur. Quand tout le monde fut réuni dans la baraque, Bob et Peter montrèrent un dossier étalé sur le bureau. Hannibal lut tout haut :

«Commande spéciale numéro 143, destinée à Angus Slunn, à livrer au chantier : dix dalles assorties taillées en carré. Poids total : une tonne.» Hannibal leva les yeux : «Dix dalles! répéta-t-il.

— D'un poids total d'une tonne, ajouta Peter, soit cent kilos la dalle! Qu'est-ce que le vieil Angus pouvait bien vouloir construire avec dix pierres d'un pareil poids? Peut-être un monument quelconque?»

Hannibal avait l'air franchement stupéfait.

«Il n'y a pas de monument au Lac au Fantôme! déclara Rory avec assurance.

— Peut-être à un autre endroit? suggéra le professeur.

— Un monument construit pour Laura... peut-être en ville, avança à son tour Harvey.

— Non, fit Hannibal. Je suis persuadé que la

surprise réservée à Laura se trouve bien au Lac au Fantôme. Reste à savoir en quel lieu exact. Le journal d'Angus est formel sur ce point. Il signale en effet qu'Angus revenait toujours " à la maison " pour travailler à la surprise en question.

— Dans ce cas, fit remarquer le professeur Shay, il a caché le résultat de ce travail... Oui, ce doit être cela... Il l'a si habilement caché au Lac au Fantôme que personne ne s'est douté de rien.

— A moins, rectifia Bob, que l'objet monumental ne soit tellement énorme qu'on ne le voit pas! Il se peut qu'il nous crève la vue et que nous ne lui prêtions aucune attention. Rappelez-vous *La lettre volée,* d'Edgard Poe. Personne ne la voyait parce qu'elle était sous le nez de tout le monde.

— La seule chose qui m'apparaisse, à moi, déclara rondement Peter, c'est qu'il est tard et que je meurs de faim. Rentrons et mangeons! Je ne vois rien de mieux à faire!»

Tous se mirent à rire.

« Venez dîner à la maison, mes amis! dit Harvey. Vous n'aurez qu'à téléphoner chez vous pour prévenir. Maman nous servira un bon repas et nous tâcherons d'y voir clair dans notre énigme.

— Voilà qui me semble une suggestion raisonnable, approuva le professeur Shay en souriant. A moins que Mme Slunn ne trouve par trop envahissante notre armée de chercheurs de trésor.

— Non, pas du tout. Elle sera ravie au contraire!» affirma Harvey.

La petite troupe se hâta de quitter la carrière. Bob et Peter chargèrent leurs vélos dans la camionnette à bord de laquelle les quatre garçons montèrent ensemble. Tandis que Hans démarrait, Peter se tourna vers ses camarades :

« Dis donc, Hannibal ! Je me rappelle que tu as dit quelque chose l'autre jour... Tu affirmais que ce mystère ressemblait à un puzzle et que l'on ne pouvait reconstituer un puzzle que si l'on avait toutes les pièces qui le composaient... » Il eut un large sourire : « Eh bien, maintenant, je crois que nous avons toutes les pièces ! Il ne nous reste plus qu'à les ajuster ! »

Chapitre 18

Hannibal reconstitue le puzzle

Ce fut seulement après l'excellent repas qu'elle leur servit que Mme Slunn permit à ses invités d'aller discuter en paix dans la grande salle. Le professeur Shay se mit à marcher de long en large.

« Il faut à tout prix trouver la clé de l'énigme ! déclara-t-il. Autrement, Stebbin et ce Java Jim voleront le trésor. Il est évident désormais qu'ils travaillent ensemble.

— Nous n'en avons pas la preuve, fit remarquer Hannibal. Mais je suis d'accord avec vous pour résoudre l'énigme le plus vite possible. Nous avons en main tout ce qui peut nous être utile : le journal et la lettre. Par ailleurs, je suis sûr qu'Angus n'aurait jamais posé un problème trop ardu à Laura : il fallait qu'elle puisse le résoudre.

— Oui, dit Rory. Je suis bien de votre avis. Mais le puzzle a été imaginé pour une personne bien précise... et il y a cent ans de cela ! Nous avons fait de notre mieux, mes enfants, mais, comme je vous l'ai déjà dit, il est trop tard pour espérer aboutir à une heureuse solution. Trop d'eau a coulé sous les ponts depuis le temps!

— Ma parole, Rory, protesta Harvey avec fougue, tu parles comme si tu n'avais pas envie que nous trouvions le trésor!

— Trouvez-le donc, si vous en êtes capables!» grommela Rory.

Hannibal, qui portait le journal d'Angus sous sa chemise contre sa poitrine, le tira de cette singulière cachette et l'ouvrit. Bob, Peter et Harvey se groupèrent autour de lui.

«Nous avons quatre étapes essentielles dans la vie du vieil Angus, résuma-t-il. Elles correspondent aux "jours" qu'il a passés à construire la surprise destinée à Laura. Nous devons maintenant nous efforcer de voir vers quoi elles convergent et aussi comment elles se relient au secret du Loch au Fantôme, c'est-à-dire au fantôme lui-même. Nous devrons découvrir enfin ce qu'un miroir vient faire dans le secret en question.

— Rien que ça!» fit Peter.

Hannibal ignora la réflexion de son lieutenant.

«En premier lieu, reprit-il, Angus s'est rendu à Powder Gulch pour s'y procurer du bois de mine, des étais et des ouvriers. D'après la quantité de vivres achetés, il devait s'agir d'un travail important... Seconde étape : Angus est allé à l'île Cabrillo, a fait une proposition au propriétaire, a obtenu son acceptation et puis est rentré chez lui avec son bateau lourdement chargé. Il ramenait donc ici quelque chose qu'il avait pris dans l'île... Troisième étape : Angus a acheté dix énormes dalles carrées, en granit, aux frères Ortega et il les a également ramenées ici... Quatrième et dernière étape : il a fait l'acquisition, chez Right et Fils, marchands de fournitures pour la marine à Santa Barbara, d'un objet destiné à apporter une touche finale à la surprise réservée à Laura. Nous ne savons pas de quel objet il s'agit mais il est forcément courant à bord d'un navire. Notons enfin qu'il s'agit d'un objet portant le nom du fabricant... »

Hannibal se tut. Rory, assis près d'une des fenêtres de façade, éclata d'un rire bruyant.

« Mettez tout cela ensemble ! s'écria l'Ecossais goguenard. Puis lancez-vous à la poursuite d'un fantôme qui n'appartient même pas à ce pays-ci ! Enfin, quand vous l'aurez attrapé, dites-lui de se regarder dans un miroir ! »

Bob parut sur le point de faire un éclat. Mme Slunn regarda sévèrement Rory puis se tourna vers Hannibal :

« Pendant que vous étiez à la carrière, dit-elle, j'ai cherché de tous les côtés. Hélas ! je n'ai pu trouver dans la maison un seul objet marqué du nom de Right et Fils ! J'en suis navrée. »

Hannibal hocha la tête.

« Quel que soit cet objet, soupira-t-il, il est nécessaire pour que la fameuse surprise de Laura constitue un tout. Si l'on se reporte à la lettre, il faut aussi songer à ce qu'Angus aimait chez lui, dans la maison d'Ecosse.

— Ce doit être quelque chose de joliment gros, cette surprise, dit Harvey.

— Qu'est-ce qu'Angus a bien pu construire avec tout ce bois de mine et l'aide de tous ces ouvriers ? soupira de son côté le professeur Shay. Où donc est passé ce bois ?

— Et où donc a-t-il pu mettre une tonne de

grosses dalles, ajouta Bob. On ne peut pas dire que dix pierres de cette taille se camouflent facilement!

— Dites donc! s'écria Peter. Quel est le travail habituel des mineurs? Babal! Tu dis souvent qu'il faut penser à l'explication la plus simple. Eh bien, en général, les mineurs creusent le sol! Ils creusent de gros trous et utilisent le bois de mine et peut-être aussi de grosses pierres pour étayer leurs travaux. Nous avons déjà conclu qu'il n'y a pas de mine par ici... Mais il peut très bien y avoir une salle souterraine!»

Le professeur Shay cessa soudain d'arpenter la pièce.

«Un trou? répéta-t-il. Dans le sol?

— Pourquoi pas? insista Peter. C'est une bonne cachette pour y fourrer un trésor. Et peut-être Angus a-t-il acheté une poignée en cuivre ou une lanterne chez Right et Fils pour décorer sa chambre forte secrète!

— Mais que serait-il allé chercher à l'île Cabrillo? demanda Hannibal. Par ailleurs, je ne pense pas qu'une chambre souterraine aurait été une heureuse surprise pour Laura. Rappelez-vous! Autant que nous puissions en juger, Angus a d'abord projeté de faire une surprise à sa femme. Ce n'est que plus tard qu'il a ajouté le trésor à la surprise.»

Depuis que Peter avait parlé d'un grand trou dans la terre, le professeur Shay était resté immobile, plongé dans ses pensées. Soudain, il se secoua et se rapprocha de Rory, toujours assis près de la fenêtre.

«Monsieur McNab, demanda-t-il à l'Ecossais, avez-vous idée qu'il puisse exister une chambre secrète?

— Absolument pas! » répondit sèchement Rory.

Le professeur jeta un coup d'œil, par la fenêtre, au lac en miniature et aux arbres sombres. Soudain, il se retourna, l'œil brillant.

« Saperlipopette, je crois que Peter a raison! s'écria-t-il. Les Hautes-Terres d'Ecosse sont pleines de cavernes et de grottes cachées. Madame Slunn, la lettre demande de penser à ce qu'Angus aimait en Ecosse mais vous ne saviez pas ce que cela pouvait être. Eh bien, c'était...

— Une caverne souterraine où Laura et lui avaient coutume de se retrouver quand ils étaient jeunes, acheva Hannibal. Voilà quelque chose que seule sa femme savait!

— Oui, une caverne qu'Angus a dû reproduire ici, continua le professeur Shay. Et ce qu'il a rapporté de l'île Cabrillo, c'était peut-être bien des meubles espagnols et des tapis pour la retraite souterraine.

— Et aussi un miroir! lança Bob.

— Oui, oui! (Et le petit professeur agitait frénétiquement la tête.) C'est certainement cela! Je crois que nous avons mis le doigt dessus, jeunes gens! La grotte souterraine est sans doute bien cachée et son entrée doit être devenue difficile à trouver avec le temps. Mais nous la découvrirons. Demain matin, à la première heure, nous recommencerons à passer les alentours au peigne fin.

— Pourquoi pas ce soir même? s'écria Peter. Nous allumerons des lanternes. »

Le professeur Shay secoua la tête :

« Je suis persuadé que nous ne trouverions rien par une nuit aussi noire. En outre, nous sommes tous fatigués. Nous serons plus fringants après une bonne nuit de repos.

— Et le trésor ne s'envolera pas! conclut Mme Slunn d'une voix ferme. Harvey, en tout cas, va monter se coucher sans plus attendre.

— Mais nous savons que Stebbin et sans doute aussi Java Jim sont en train de rôder dans les parages! protesta Harvey.

— La nuit est aussi obscure pour eux que pour nous, fit remarquer le professeur. Et puis, il y a des fois où il faut bien courir un risque, Mais, en ce qui nous concerne, c'est un risque bien léger, croyez-moi!»

Les garçons cédèrent en soupirant. Au fond, ils comprenaient que le professeur avait raison. La nuit, malgré tout, allait leur sembler longue. Peter exprima tout haut l'opinion générale :

«J'ai idée que nous ne dormirons pas beaucoup d'ici à demain!

— Eh bien, profitez-en pour imaginer l'endroit où Angus peut avoir bâti sa grotte secrète! Au matin, nous nous retrouverons ici et nous commencerons les fouilles.

— Ne comptez pas sur moi! annonça Rory brutalement. Je ne tiens pas à me rendre ridicule.»

Le professeur Shay s'éloigna au volant de sa fourgonnette. Hannibal, Peter et Bob aidèrent Hans à ranger dans la camionnette les vieilleries que Mme Slunn avait triées pour l'oncle Titus, puis ils montèrent à l'arrière. Le grand Bavarois suivit le chemin qui serpentait à travers bois, atteignit la grand-route, tourna à gauche et mit pleins gaz en direction de Rocky. Pendant un moment, les trois Détectives restèrent silencieux. Puis Hannibal demanda :

« A votre avis, comment Angus aurait-il pu signaler l'emplacement d'une grotte secrète ?

— Peut-être, répondit Peter, en entassant de grosses pierres près de l'entrée, d'une manière paraissant naturelle tout en donnant une indication à Laura ?

— Ou bien, enchaîna Bob, en plantant un arbre ? Un arbre comme ceux qui poussaient près de chez lui, en Ecosse.

— Un arbre ! Hé, hé ! Oui, c'est bien possible, mon vieux !

— Ou encore un miroir ! s'écria Peter. Sur le sol, ou dans un arbre... et que Laura pouvait voir d'un endroit déterminé.

— ... D'une fenêtre où elle avait coutume de s'asseoir, continua Hannibal, ou du haut de la tour du guet !

— Nom d'un pétard ! s'écria Bob. Je parie qu'une de ces hypothèses est la bonne. Oui, j'en mettrais ma main au feu, Babal. »

Hannibal approuva de la tête, puis se perdit dans la contemplation des premières maisons de Rocky.

« Une seule chose me tracasse, dit-il au bout d'un moment. Rappelez-vous la lettre du vieil Angus. Elle fait allusion au " secret du Loch au Fantôme "... ce fantôme qui surveille la venue d'éventuels ennemis arrivant de la mer. Une grotte cachée ne me paraît pas l'endroit idéal pour surveiller le loch !

— Lorsque nous aurons trouvé la grotte secrète, nous comprendrons sans doute, fit Peter, optimiste.

— Peut-être as-tu raison ! » acquiesça Hannibal.

Hans déposa Bob et Peter à leurs domiciles

respectifs puis se hâta de rallier *Le Paradis de la Brocante.* Quand Hannibal eut rejoint son oncle et sa tante, il refusa de monter se coucher tout de suite. Il était bien trop agité pour dormir. Tante Mathilda lui servit un bol de chocolat qu'il dégusta tout en résumant ses aventures de la journée. L'oncle Titus, sans attendre, se précipita à l'entrepôt pour passer en revue les objets que lui envoyait Mme Slunn. Pendant ce temps, la tante Mathilda donna son avis sur les péripéties du jour. Elle conclut en déclarant à son neveu qu'un gros trou creusé dans la terre semblait parfaitement coller avec l'énoncé de l'énigme.

« Vous le trouverez demain matin, j'en suis sûre, dit-elle. Et maintenant, au lit, jeune homme! Ton cerveau travaille mille fois mieux quand tu es reposé! »

Hannibal resta longtemps éveillé, à regarder sans les voir les illuminations de Noël de Rocky. Finalement, ses yeux se fermèrent mais il rêva de pièces secrètes, de grosses dalles, de bois de mine, de l'île Cabrillo et du vieil Angus...

Et puis, tout à coup, il s'assit dans son lit. Il n'était qu'à moitié réveillé. Ses paupières papillotèrent. Dehors, il faisait encore sombre mais la pendule lumineuse indiquait qu'il était presque huit heures. Une forte pluie crépitait sur le toit, au-dessus de sa tête.

Mais Hannibal se moquait bien de la pluie. Le regard fixe, immobile dans son lit, il pensait à l'énigme du Lac au Fantôme : la solution venait de lui apparaître d'un coup!

Chapitre 19

La clé du mystère

Hannibal fit sa toilette en un clin d'œil, puis appela Bob et Peter au téléphone pour leur donner rendez-vous à l'entrepôt un quart d'heure plus tard.

« Le mystère est éclairci, leur dit-il. J'aurais dû comprendre plus tôt. Quel aveugle j'ai été ! Arrivez vite ! »

Ensuite, il appela Harvey.

« Je crois savoir où chercher le trésor, mon vieux, lui déclara-t-il. Prends un pic, une pioche et une pelle, enfile ton imperméable et attends-nous. Hans va nous conduire ! »

Tandis qu'il avalait son petit déjeuner à la hâte, le téléphone sonna. C'était le professeur Shay.

« J'ai passé la nuit à songer à cette grotte secrète, Hannibal, et je crois avoir deviné comment Angus en a marqué l'emplacement ! Le fantôme...

— Il n'y a pas de grotte secrète, monsieur, répliqua le chef des Détectives. Et je suis certain de tenir la clé du mystère.

— Quoi ! s'exclama le professeur. Pas de

grotte secrète, dites-vous? Alors?... Racontez vite, Hannibal!

— Je vous expliquerai en détail un peu plus tard, s'il vous plaît. Rendez-vous au Lac au Fantôme!

— J'y vais tout de suite.»

Dix minutes plus tard, les trois détectives se retrouvaient dans la cour de l'entrepôt, sous une pluie battante. Hans arriva avec la camionnette. Les garçons montèrent en hâte. Bob et Peter, piaffant d'impatience, interrogèrent leur chef :

«Mets-nous vite au courant, Babal!

— Eh bien voilà, expliqua Hannibal en ménageant ses effets. Cette nuit, tandis que je tournais dans ma tête, une fois de plus, les données du problème, quelque chose que Bob a dit hier m'est revenu en mémoire. C'est alors que la vérité m'est apparue!»

Peter gémit.

«Par pitié! Cesse de nous faire languir. Qu'est-ce que Bob a dit pour te mettre sur la voie?

— Il a suggéré que le vieil Angus pouvait bien avoir planté un arbre comme point de repère. Et c'est exactement ce qu'il a fait.

— Un arbre! s'exclama Peter.

— Pas un arbre originaire d'Ecosse comme Bob le pensait, continua Hannibal, mais un arbre qui, par son aspect, rappellerait à Laura sa demeure écossaise. Il alla donc à l'île Cabrillo pour y acheter un de ces cyprès tordus et échevelés qui évoquent si bien un fantôme. Angus a planté un fantôme au Lac au Fantôme, mes amis!

— Nom d'un pétard! s'écria Bob. Si je comprends bien, il ne nous reste plus qu'à dénicher ce vieux cyprès.

— Ça ne va pas être commode, fit remarquer Peter. La maison des Slunn est entourée de bois. Il y a des arbres de tous les côtés. Où trouver celui-ci?

— Réfléchis un peu, dit Hannibal. Rappelle-toi les ouvriers et le bois de mine qu'Angus est allé chercher à Powder Gulch. Tant de matériaux et une main-d'œuvre aussi importante n'auraient pas été nécessaires pour construire une simple grotte. Si donc les planches et tout le reste n'ont été utilisés ni pour une mine ni pour une caverne souterraine, à quoi ont-ils bien pu servir? A force de réfléchir, j'en suis arrivé à penser que ces planches avaient pour but non pas d'étayer de la terre mais... de contenir de l'eau.

— Que veux-tu dire, Hannibal? s'écria Bob.

— Tout simplement ceci : les mineurs engagés par Angus ont bien creusé un trou mais, pendant qu'ils creusaient, il fallait empêcher l'eau de combler le trou en question. C'est à cela que le bois de mine et les étais ont servi. Ce qui intéressait Angus, c'est la terre qu'on retirait du trou. Quand le travail a été fini, Angus a acheté dix grandes dalles pour constituer un passage... une chaussée... la chaussée du fantôme! Il alla chercher un cyprès à l'île Cabrillo. Et ce qu'il a acquis chez Right et Fils, c'est une lanterne de navire!»

Bob et Peter comprirent enfin ce que leur camarade leur laissait deviner avec tant de malice :

«L'île! s'écrièrent-ils en chœur. L'île au milieu du petit lac!

— Tout juste! déclara Hannibal, épanoui. Le vieil Angus a édifié cette petite île, au Lac au Fantôme. C'était cela, la surprise destinée à Laura. L'opinion générale voulait qu'Angus ait trouvé le lac et l'île tels quels, et qu'ils lui aient rappelé son pays natal. Mais c'est faux! Il a construit l'île! A l'origine, un petit promontoire devait avancer dans le lac. Angus a dû en utiliser la terre pour créer son île. Planches et étais contenaient l'eau des deux côtés. L'île terminée, il ne restait plus qu'à ôter les planches pour que l'eau prît la place du promontoire disparu. Les dalles furent posées. Angus planta alors l'arbre à allure de fantôme pour rappeler la légende écossaise. La lanterne, accrochée au bout d'une perche, compléta le décor. Autrement dit, Angus a reconstitué ce qu'il "aimait à la maison"... la vue sur le loch! Et il pensait que ce paysage évocateur serait une agréable surprise pour Laura. Ce n'est que lorsqu'il s'est senti traqué par le capitaine de l'*Argyll Queen* et ses hommes qu'il a songé à utiliser son île comme cachette. Il a laissé la lettre et le second journal pour l'indiquer!»

Bouche bée d'admiration, Bob et Peter contemplaient leur chef. De quelle astuce n'avait-il pas fait preuve pour arriver à un tel résultat! Finalement, Bob murmura :

«Et personne ne s'est jamais douté que l'île était artificielle?

— Nul n'était au courant, sinon Angus et les mineurs qui l'avaient construite. Mais à l'époque, les mineurs circulaient beaucoup, travaillant ici et là! Et la construction de l'île n'avait rien eu de mystérieux. Quand la chasse au trésor commença, l'origine de l'île était bel et bien oubliée. Par la suite, la famille d'Angus fut persuadée que l'île était aussi naturelle que le lac! Comme le second journal était égaré, les descendants d'Angus ignoraient même qu'il eût jamais engagé des mineurs.

— Nous avons eu de la chance de retrouver ce journal! s'écria Peter. Il ne nous reste plus qu'à mettre la main sur le trésor!

— C'est du tout cuit, affirma prosaïquement Hannibal.

— Un détail me taquine encore, murmura Bob, pensif. Que voulait dire Angus quand il écrivait : " vois le secret dans un miroir " ?

— Le lac ressemble à un miroir, suggéra Peter.

— Je crois pouvoir répondre à ta question, Bob, dit Hannibal. Mais avant je veux être sur place. »

La camionnette était presque arrivée à destination quand, brusquement, Hans donna un coup de frein qui projeta ses jeunes passagers les uns contre les autres. Tous sautèrent vivement sur le sol et se précipitèrent en avant.

Là, à quelques mètres devant eux, la fourgonnette du professeur Shay était arrêtée auprès d'un bouquet de pins, sa portière avant grande ouverte. On apercevait le professeur assis derrière son volant. Harvey était penché vers lui.

« Que se passe-t-il, monsieur ? demanda Hans, inquiet, Ça ne va pas ?

— Ça... ça ira mieux dans un instant! » affirma le professeur en se palpant avec précaution la mâchoire.

Il aperçut les détectives et se redressa un peu.

« C'était Java Jim, expliqua-t-il. Je suis arrivé ici, voici quelques minutes à peine. Soudain, je l'ai aperçu sur la route. Je me suis arrêté à sa hauteur pour lui sauter dessus mais il a été plus prompt que moi. C'est lui qui m'a attaqué. Je l'ai vu disparaître parmi les arbres.

— Java Jim! s'écria Hannibal. Dans ce cas, nous n'avons plus une seconde à perdre, Harvey! Les outils! Vite!»

Chapitre 20

Le secret du fantôme

Bientôt, suivie des yeux par Mme Slunn, la petite troupe, composée des quatre garçons, de Hans et du professeur Shay, se mit en route vers le lac, sous la pluie battante. La « chaussée du fantôme » les conduisit, en file indienne, jusqu'à l'île minuscule jonchée d'aiguilles de pins.

« La légende, rappela Hannibal, raconte que le fantôme guettait la venue de ses ennemis. C'est donc sur le point le plus élevé de l'île que nous devons chercher le " fantôme ", c'est-à-dire le cyprès tordu ! »

Au sommet de la plus haute éminence, se trouvait la perche portant la lanterne. Peter décrocha celle-ci pour l'examiner.

« Hannibal, tu avais raison ! s'écria-t-il. Cet objet a un cartouche de cuivre gravé au nom de Right et Fils.

— Vite ! Cherchons le cyprès », intima Hannibal.

Ils n'eurent pas à aller bien loin.

« Le voici ! » annonça le professeur Shay d'une voix triomphante.

Il s'agissait d'un cyprès difforme, exactement semblable à ceux de l'île Cabrillo. Sous la pluie, il évoquait tout à fait un spectre humain avec sa tête échevelée et ses bras tordus qu'il tendait vers le lac.

« Regardez, dit Bob en désignant la maison des Slunn. Ce cyprès doit être à peu près invisible de là-bas, il est caché par des arbres plus gros. Pas étonnant que nous ne l'ayons pas remarqué !

— Sans doute, estima Hannibal, était-il bien visible du temps du vieil Angus. Mais ces cyprès difformes poussent très lentement. Celui-ci n'a pas dû grandir beaucoup en un siècle, contrairement aux autres arbres qui l'entourent.

— Assez discuté sur les arbres, grommela Peter, qui ne tenait plus en place. Creusons ! J'ai l'impression que nous sommes arrivés les premiers. Java Jim n'est pas passé par là. Il n'y a aucune trace de fouilles.

— Allons-y, Peter ! s'écria Harvey en saisissant une pioche. Creusons tout autour du cyprès.

— Non, dit calmement Hannibal. Pas là ! »

Tous le regardèrent, surpris.

« Mais la lettre fait allusion au fantôme, rappela le professeur Shay. Le trésor doit être ici !

— La lettre conseille aussi de voir le secret dans un miroir ! Angus voulait sans doute dire : " Regardez le fantôme dans un miroir. " Comme il n'y a pas ici de miroir, il faut comprendre " comme dans un miroir ". Un miroir reflète les objets en les inversant. Il faut donc prendre le contre-pied de ce qu'indique le fantôme pour trouver le trésor ! » Hannibal désigna le grand « bras » décharné du « fantôme » pointé vers le lac. « Au lieu de regarder dans la direction qu'il nous montre, regardons juste à l'opposé. Que voyons-nous ? »

Tout en parlant, Hannibal s'était placé devant le cyprès et regardait de tous ses yeux. Ses compagnons s'étaient massés derrière lui.

« On ne voit pas grand-chose avec cette pluie, dit Bob. Il fait trop sombre.

— Passe-moi ta torche électrique, Harvey. »

Hannibal plaça la torche parallèlement à la branche de l'arbre et l'alluma. Le rayon lumineux perça la pluie à la manière d'un phare et tomba sur un espace de terrain plat, couvert de buissons.

« Venez, mes amis ! » s'écria le chef des Détectives.

Tous coururent dans son sillage. Et soudain ils firent halte, consternés. Si le lieu avait été admirablement choisi pour la conservation d'un trésor, le trésor ne s'était pas moins envolé. En effet, un trou énorme béait sous le nez des chercheurs sidérés.

« On a volé le trésor ! s'écria Harvey, furieux.

— Quelqu'un est passé avant nous », grommela Peter.

Le professeur Shay se baissa pour ramasser quelque chose.

« Un bouton de cuivre. Java Jim ! C'est lui qui s'est emparé du trésor. Quand je l'ai vu, il avait sans doute *déjà* fait son coup.

— Prévenons la police », conseilla Hans.

La petite troupe revint donc à la maison Slunn. On téléphona à Reynolds, le chef de la police, en expliquant que les trois Détectives avaient besoin d'aide pour arrêter Java Jim. Puis Hannibal entraîna tout son monde à l'endroit où le professeur Shay avait été attaqué par le gredin. Les abords immédiats de la fourgonnette ne révélèrent rien mais, soudain, le professeur désigna un espace boueux, pas très loin de sa voiture. Des empreintes de bottes se dirigeant vers la grand-route y étaient imprimées.

« Le bandit ! s'écria le professeur. Sa voiture devait l'attendre près d'ici. Il doit être loin à l'heure qu'il est ! »

Hannibal se pencha sur les traces fraîches.

« Java Jim n'était pas lourdement chargé quand il est passé par ici ! déclara-t-il. Avait-il les mains vides quand vous l'avez vu ?

— Oui, dit le professeur. Sans doute avait-il déjà transporté le trésor dans sa voiture. Il était revenu sur ses pas pour une raison quelconque. Je crains que nous ne le rattrapions jamais.

— Peut-être, murmura Hannibal. Au fait, Harvey, ajouta-t-il en se tournant vers son camarade, où est Rory ?

— Je ne l'ai pas vu ce matin. Je crois qu'il est sorti.

— Tu dis que Rory n'est chez vous que depuis un an. Il est venu comme ça, de lui-même ?

— Eh bien... il avait une lettre de gens que nous connaissions en Ecosse. Et il savait tout de notre famille et de la vieille maison.

— N'importe qui peut se renseigner ! coupa Peter. Hannibal, soupçonnerais-tu Rory d'être complice de Java Jim... ou même *d'être* Java Jim ?

— Il est de sa taille, admit Hannibal. Et il essaie depuis le début de nous empêcher de chercher le trésor. Il était absent du Lac au

Fantôme les deux fois où Java Jim a tenté de nous voler le journal!

— Et il savait que nous étions à la carrière, rappela Bob. C'est le premier à qui nous ayons parlé de la tonne de granit commandée aux frères Ortega. Il aurait très bien pu nous enfermer dans la cabane et revenir ici démolir le fumoir. Il ignorait encore que les pierres de granit étaient des dalles.

— Pourtant, objecta le professeur, nous avons vu Stebbin à la cabane.

— C'est vrai, mais il essayait alors d'ouvrir le cadenas de la porte, ce qu'il n'aurait pas fait s'il avait précédemment enfermé Peter et Bob. Il aurait déjà su que la porte était bouclée. De plus... juste après l'incendie de la remise... avons-nous vu l'homme après lequel nous courions?... Non pas! Nous avons couru uniquement parce que Rory nous a dit qu'il y avait quelqu'un. Peut-être mentait-il?

— Tu crois que c'est Rory qui aurait tenté de voler le journal dans la remise? demanda Bob. Et il nous aurait dit avoir vu Java Jim alors que Java Jim, c'est lui?

— Vous oubliez, objecta Harvey, que le professeur Shay a vu quelqu'un, lui! Il pensait que c'était Stebbin.

— Parce que j'avais Stebbin en tête, avoua le petit professeur. En fait, j'ai très bien pu me l'imaginer. Rory soutenait qu'il y avait quelqu'un... et j'ai cru que c'était Stebbin, voilà tout!

— C'est Rory le voleur! s'écria Peter. Il a pris le...

— Qu'est-ce que j'ai pris...?» demanda une voix tonnante.

L'Ecossais était là, foudroyant du regard le petit groupe. Hannibal, très ému, s'appuya contre le capot de la fourgonnette du professeur Shay et laissa tomber sa lampe électrique. Il se baissa pour la ramasser.

« Hans! cria le professeur. Assurez-vous de la personne de Rory! »

Hannibal se redressa. Son visage avait une expression bizarre. Il toucha de nouveau la voiture du professeur et parut intrigué. Puis il se tourna vers le grand Bavarois.

« Non, Hans! dit-il d'une voix ferme. Laissez Rory tranquille. Ce n'est pas lui le coupable, Je me trompais! »

Chapitre 21

Le trésor du pirate

Hans hésita, regardant tour à tour Hannibal et le professeur. Celui-ci ordonna de nouveau :

« Empoignez McNab, Hans!... Hannibal! Réveillez-vous! Vous savez bien que Rory est le coupable.

— Il nous a faits prisonniers dans la carrière, rappela Bob.

— Et il a tenté de voler le journal dans la remise », ajouta Peter.

Rory avait pâli. Hans lui mit sa grosse main sur l'épaule.

« Ne bougez pas, mon garçon! »

Mais Hannibal hocha la tête.

« Rory a effectivement tenté de chiper le journal et il a bouclé Peter et Bob dans la cabane. C'est également lui qui a démoli le fumoir. Mais il n'a rien de commun avec Java Jim, et il n'a pas volé le trésor.

— Vous croyez donc que ce sont Java Jim et Stebbin qui s'en sont emparés? demanda le professeur Shay.

— Java Jim, oui, mais pas Stebbin! Stebbin ne courait pas après le trésor. Je crois même, en un sens, qu'il essayait de nous aider. Quand il s'est introduit dans notre Q.G., il n'a pas volé le journal d'Angus et s'est contenté de le photographier, pour ne pas nous gêner dans nos recherches. Autre chose : nous n'avons guère vu Stebbin que lorsque Java Jim se trouvait à proximité. Il le suivait comme il nous suivait. A Santa Barbara, il voulait nous parler mais nous l'avons effrayé. Je suis sûr que c'est lui qui a fait prévenir Hans, par un gamin, de l'endroit où nous étions. Et il tentait de libérer Bob et Peter quand nous l'avons aperçu à la carrière.

— Tu prétends que Java Jim travaillait seul? demanda Bob.

— Oui et non.

— Qu'entends-tu par là, mon vieux?

— Java Jim est un personnage curieux, expliqua Hannibal. Tout en ayant l'air d'un étranger, il connaît à fond la région. Il est venu à l'entrepôt juste après la visite de Bob à la Société historique. Il a forcé la porte de celle-ci le jour où nous sommes allés à l'île Cabrillo. Mais pourquoi? En revanche, il n'a pas eu besoin de passer par M. Pigeon pour savoir où se trouvaient les archives de l'ancienne gazette de Santa Barbara : il est allé tout droit chez le vieux M. Widmer. Or, comment pouvait-il savoir que celui-ci détenait les archives en question?

— Sapristi, Babal! Tu as raison. Comment l'a-t-il su?

— Il l'a su, Bob, parce qu'il connaît à fond l'histoire du pays. C'est un expert! Rory n'est pas le seul qui soit apparu à Powder Gulch après nos démêlés avec Java Jim. Le professeur Shay était là lui aussi. Or, le professeur est un expert en histoire. Java Jim et lui ne font qu'une seule et même personne. C'est lui qui a volé le trésor!»

Le professeur Shay éclata de rire sous la pluie :

«Ridicule, mon garçon! Je ne me défendrai même pas. Vous vous trompez de A à Z. Du reste, je suis beaucoup plus mince que ce gredin!

— Pas tellement. La grosse veste de marin vous étoffait.»

Hans, Rory et les garçons, stupéfaits, regardaient Hannibal qui continua posément, en s'adressant au professeur :

«Hier soir, quand Peter a parlé d'un trou dans la terre, vous avez deviné la vérité avant nous. Pendant la nuit, vous êtes allé dans l'île et, au petit matin, vous aviez exhumé le trésor. En passant près de la maison des Slunn, vous avez entendu la sonnerie du téléphone. Pour vous assurer que l'appel n'était pas dangereux pour vous, vous avez collé votre oreille à la porte et écouté. D'après les réponses de Harvey, vous avez compris que nous tenions la clé de l'énigme et que nous arrivions. Fuir à ce moment-là avec le trésor eût été vous trahir. En trouvant le trou vide, nous aurions pu vous soupçonner par la suite. Alors, vous vous êtes glissé dans la remise pour utiliser le téléphone qui s'y trouve et vous m'avez appelé comme si vous étiez chez vous. Ensuite, il ne vous restait plus qu'à nous attendre tranquillement dans votre voiture avant de nous raconter cette jolie fable : Java Jim vous avait attaqué et avait emporté le trésor! Aiguillée sur cette fausse piste, la police n'aurait plus songé qu'à traquer le barbu imaginaire!»

On entendit le bruit d'une sirène de police. Chacun, maintenant, regardait le professeur Shay.

«Etes-vous en mesure de prouver ce que vous avancez, Hannibal? demanda-t-il avec un sourire méprisant.

— Certainement. Vous avez commis une grosse erreur en prétendant me téléphoner de chez vous, à huit heures du matin, et en annonçant que vous partiez nous rejoindre. Car, bien avant huit heures, la pluie s'était mise à tomber à flots.

— La pluie?... Quel rapport?...

— Le sol était absolument sec sous votre voiture, dit simplement Hannibal. Et votre moteur était froid. Vous étiez donc sur les lieux depuis très longtemps.»

Avec un cri de rage, le professeur Shay, se voyant démasqué, pivota brusquement sur ses talons et s'enfuit en direction de la grand-route. Comme il atteignait les premiers arbres du sous-bois, deux choses se produisirent simultanément. Une ombre surgit des arbres, lui sauta dessus, et la voiture de police arriva sur les lieux dans un grincement de freins.

Shay et son assaillant roulèrent dans la boue. Deux policiers bondirent pour les séparer, suivis du chef Reynolds, des trois Détectives et de leurs amis. Tous s'aperçurent alors que l'agresseur de Shay n'était autre que Stebbin!

«Que se passe-t-il? demanda le chef. Ce jeune homme qui lutte avec le professeur Shay est-il le voleur? Mais... c'est Stebbin!

— Je suis bien Stebbin, mais le voleur, c'est Shay !

— Il dit vrai ! s'écria Hannibal qui se hâta de résumer toute l'histoire. Je crois, acheva-t-il, que Stebbin n'a jamais rien volé. Il a dû découvrir que le professeur courait après le trésor, et le professeur s'en est débarrassé en l'accusant à tort.

— Exact ! affirma Stebbin avec force. Une fois libéré sur parole, je me suis attaché aux pas de Shay dans l'espoir de prouver mon innocence. »

Sévèrement interrogé par le chef de la police, le professeur Shay finit par avouer que le trésor était en sa possession :

« Je l'ai dissimulé sous le siège arrière de ma fourgonnette, expliqua-t-il. Il y a là une cachette soigneusement aménagée. »

Les policiers y trouvèrent la défroque de Java Jim : jaquette, bottes, casquette de marin, sans oublier un masque de caoutchouc avec barbe noire et cicatrice. Mais, ce qui les intéressa surtout, fut le coffre rouillé qu'on avait dissimulé sous les frusques. Une fois ouvert, il laissa voir une profusion de bagues, de bracelets, de colliers, de poignards précieux ornés de pierres fines, ainsi que des centaines de pièces d'or. C'était là le fameux trésor volé par les pirates à bord des navires arraisonnés !

« Nom d'un pétard ! s'exclama Peter ébahi. Il y en a pour des millions de dollars !

— J'ai peine à en croire mes yeux », avoua Rory.

Tandis que chacun s'extasiait, le professeur Shay explosa soudain :

« Je ne suis pas un voleur ! Ce trésor m'appartient. Angus Slunn l'avait volé à mon ancêtre. Je suis le descendant du capitaine de l'*Argyll Queen*!

— La justice tranchera, dit le chef Reynolds. Je doute qu'après un siècle vous puissiez étayer votre réclamation. Et le capitaine avait lui-même volé ce trésor aux pirates... qui l'avaient volé à d'autres! A mon avis, il appartient bel et bien à Mme Slunn désormais. Si vous n'êtes pas condamné pour vol, vous le serez pour coups et blessures et pour avoir fait condamner Stebbin à tort!»

La voiture de police repartit avec le professeur Shay qui allait à son tour tâter de la prison. Le chef Reynolds emportait également le trésor qui serait provisoirement mis sous clé, en attendant le jugement. Mais ce n'était en fait qu'une formalité.

Tandis qu'on emmenait le prisonnier, les détectives, Harvey, Hans et Rory revinrent rapidement auprès de Mme Slunn pour la mettre au courant des événements. La jeune femme était absolument stupéfaite.

«Ainsi, dit-elle enfin, le trésor existait bel et bien et vous l'avez trouvé!

— Il est à nous, maman! s'écria Harvey avec enthousiasme. Nous voilà riches.»

Mme Slunn sourit.

«Nous attendrons pour en être sûrs. Mais je vous remercie de tout cœur, mes enfants. Vous vous êtes montrés excellents détectives!»

Hannibal, Bob et Peter lui sourirent en retour, d'un air heureux.

«Hannibal! dit soudain Peter. Il y a quelque chose que je ne comprends pas. C'est le professeur, déguisé en Java Jim, qui courait après le trésor. Et pourtant, tu prétends que Rory a tenté de voler le journal, que c'est lui qui nous a enfermés dans la cabane de la carrière et qu'il essayait de nous barrer la route du trésor. Pourquoi a-t-il fait tout cela ?»

Hannibal sourit largement à Rory qui eut soudain l'air de vouloir disparaître dans un trou de souris.

«Eh bien, Peter, sans en être bien sûr, je crois pourtant que Rory envisage d'épouser Mme Slunn. Il avait peur, si elle devenait riche, qu'elle n'ait plus besoin de lui!»

Mme Slunn regarda Rory d'un air surpris. L'Ecossais devint rouge comme une tomate.

«Rory! Rory! dit-elle gentiment en lui souriant. Voilà une chose dont je ne me doutais pas!»

Tout le monde regardait Rory avec sympathie. Sous le feu de ces regards, le pauvre garçon passa du rouge tomate au violet aubergine. Jamais il n'avait été aussi confus de sa vie!

Chapitre 22

Derniers éclaircissements

Alfred Hitchcock regarda les trois Détectives assis en face de lui, dans son bureau.

« Ainsi, vous venez de retrouver un trésor vieux d'un siècle en dépit des mille difficultés que cela représentait ? commença le célèbre metteur en scène. Toutes mes félicitations !

— Mme Slunn, dit Hannibal, nous a récompensés en nous faisant cadeau de quelques pièces d'or anciennes. Elle nous a également permis de conserver la bague trouvée dans le coffre. La pierre est un rubis véritable. Elle a beaucoup de valeur !

— Cette histoire de trésor des pirates est follement intéressante, reprit M. Hitchcock. On pourrait peut-être en tirer un film. Dites-moi ! Le professeur Shay est-il vraiment un descendant du capitaine de l'*Argyll Queen* ?

— Oui, monsieur. Sur ce point, il n'avait pas menti. C'est également un expert en histoire. De plus, dans sa jeunesse, il a été marin. C'est sa passion pour les aventures maritimes qui l'a poussé à étudier l'histoire de sa propre famille et lui a fait découvrir celle du trésor. Il s'est fait nommer à la Société historique pour être à pied d'œuvre. Mais Stebbin s'est aperçu de ses agissements. Aussi, pour se débarrasser de ce gêneur, le professeur l'a-t-il fait mettre en prison sous une fausse accusation. Quand Mme Slunn a fait don du journal d'Angus à la Société, il s'est tout de suite aperçu qu'il manquait deux mois entre la fin du journal et le meurtre d'Angus. Il se doutait donc qu'un second journal existait quelque part. Décidé à retrouver la partie manquante, il n'a pas craint de s'introduire à plusieurs reprises chez les Slunn pour fouiller dans les affaires d'Angus. Il a suivi également la trace des objets vendus par Mme Slunn. Ayant raté de peu le coffre à San Francisco il essaya de le rattraper au musée, où nous l'avons rencontré sous le déguisement de Java Jim. En effet, comme M. Acres, le propriétaire du musée, connaissait le professeur Shay et que celui-ci ne voulait pas laisser deviner qu'il courait après le trésor, il lui fallait trouver un biais. Le personnage de Java Jim, inventé de toutes pièces, faisait parfaitement l'affaire. De plus, c'était un " paravent " idéal pour Shay!... Lorsque le professeur se fut joint à nous pour rechercher le trésor, il fit de son mieux pour nous prouver que Java Jim était bien réel. C'est pour cela qu'il nous raconta la prétendue intrusion de Java à la Société historique. Ce fut là une belle erreur car cette histoire me parut sujette à caution, Java Jim n'ayant aucune raison valable pour s'introduire dans les bâtiments de la Société. Ce mensonge de Shay était donc louche.

— Ah! Voilà qui est bien connu, souligna M. Hitchcock au passage. A force de vouloir se montrer malins, les criminels font des faux pas.

— Shay n'est pas un criminel endurci, monsieur, fit remarquer Bob. C'est ce trésor qui le fascinait! Il a fait sincèrement amende honorable, et Mme Slunn, très généreuse, a décrété qu'il avait droit au tiers des richesses retrouvées. Shay va en employer une partie pour payer son avocat et dédommager largement Stebbin. Il fera en outre cadeau de quelques jolies pièces au musée de la Société historique.

— La générosité de Mme Slunn est telle, reprit Hannibal, qu'elle ne portera pas plainte contre Shay. A dire vrai, on n'a pas vraiment la preuve qu'il ait pénétré par effraction dans sa demeure. Comme nous ne le poursuivons pas nous non plus, il ne sera accusé que d'avoir forgé de fausses preuves contre Stebbin pour le faire incarcérer.

— A propos de Stebbin, demanda M. Hitchcock, suivait-il uniquement le professeur dans l'espoir de prouver son innocence?

— Oui, monsieur. Il voulait le pincer la main dans le sac. Il l'avait vu, sous son déguisement de Java Jim, s'enfuir de l'entrepôt de mon oncle en emportant quelque chose de noir qu'il avait ensuite jeté avec dépit. Stebbin avait ramassé l'objet : une simple couverture de cahier, rigoureusement vide. Il comprit alors que Shay-Java recherchait un second journal. Il ignorait que ce journal était en notre possession. Il se rendit chez les Slunn pour le chercher mais Rory l'aperçut et lui donna la chasse.

— Par la suite, enchaîna M. Hitchcock, je présume que Stebbin vit le journal entre vos mains et le photographia pour se tenir au courant. Il voulait de bonne foi vous aider mais il craignait que personne ne voulût l'écouter après l'accusation que le professeur Shay avait portée contre lui.

— Oui, monsieur, dit Bob. Il pensait que nous ne doutions pas de la parole du professeur. Il se contentait donc de nous suivre, désireux de saisir la moindre occasion de confondre son adversaire et souhaitant tout autant nous protéger lorsque nous étions en difficulté.

— Son innocence a été pleinement reconnue, annonça Hannibal. Il a repris son emploi à la Société historique. J'espère malgré tout que Shay sera sévèrement puni pour le tort considérable qu'il lui a fait! Car son repentir n'efface pas sa faute.

— Parlez-moi du romantique Rory! demanda M. Hitchcock. Qu'est-il devenu?

— Eh bien, répondit Hannibal en souriant, il a fini par demander Mme Slunn en mariage. Il essayait de nous empêcher de découvrir le trésor, craignant qu'une fois riche elle refusât d'épouser un homme sans fortune. Mme Slunn lui a fait honte de cette vilaine pensée... et a accepté de devenir sa femme!

— Eh bien, tout est bien qui finit bien! Encore toutes mes félicitations, jeunes gens! Cependant... il me vient une pensée... à propos du sol sec sous la voiture du professeur Shay. Celui-ci aurait pu se garer juste à l'endroit occupé, quelques secondes plus tôt, par l'auto du véritable Java Jim s'il avait existé! Et le moteur d'une voiture se refroidit rapidement quand il pleut!

— Sans doute, concéda Hannibal. Mais

quand je soupçonnai Shay d'être Java Jim, je me rappelai une autre erreur qu'il avait commise...

— Laquelle ?

— Quand Rory nous dit qu'il avait vu quelqu'un s'enfuir de la remise en feu, il prétendit que c'était Java Jim ! Le professeur prétendit, lui, qu'il s'agissait de Stebbin. Il n'avait vu personne, bien sûr, mais il se disputa affreusement avec Rory. Et pourquoi lui tint-il tête si obstinément ?

— Parce qu'il savait bien, lui, que Rory mentait. Il n'avait pu voir Java Jim puisque Java Jim, c'était Shay ! Tonnerre de sort !»

Après le départ des trois Détectives, M. Hitchcock poussa un léger soupir. Il plaignait presque d'avance le prochain criminel qui se frotterait à Hannibal Jones et à ses amis !

Table

IMPRIMÉ EN FRANCE PAR BRODARD ET TAUPIN
Usine de La Flèche, 72200.
Loi n° 49-956 du 16 juillet 1949 sur les publications destinées à la jeunesse.
Dépôt : mai 1988.